LOCUS

LOCUS

LOCUS

LOCUS

mark

這個系列標記的是一些人、一些事件與活動。

Mark 191

沒有門檻的幸福

作者：楊士毅
責任編輯：方竹
美術設計：楊啟巽工作室

出版：大塊文化出版股份有限公司
台北市105022南京東路四段25號11樓
電子信箱：locus@locuspublishing.com
服務專線：0800-006-689
Tel: (02)8712-3898 Fax: (02)8712-3897
讀者服務專線：0800-006689
郵撥帳號：18955675
戶名：大塊文化出版股份有限公司
locus@locuspublishing.com
法律顧問：董安丹律師、顧慕堯律師

台灣地區總經銷：大和書報圖書股份有限公司
地址：新北市新莊區五工五路2號
Tel: (02)8990-2588 Fax: (02)2290-1658
印務統籌：大製造股份有限公司
初版一刷：二〇二四年三月
初版七刷：二〇二四年七月
定價：580元
ISBN：978-626-7388-45-7

沒有門檻的幸福

Happiness Without Thresholds

楊士毅 著

Yang Shi-yi

出版者的話

一個說故事的人的旅程

郝明義

這本書是一個說故事的人的旅程。

不論他使用的媒材是攝影、電影、剪紙，還是裝置藝術，他都是在說故事。有關幸福的故事。

早年，他倜促在生命陰暗的角落裡，以為幸福是需要追尋的；後來，他發現幸福原來就在每個人的身邊，不需要任何門檻就能擁有。

他是透過說故事而發現了這個祕密，也因為發現了這個祕密而持續不斷地說故事。

很高興在邀楊士毅寫書八年之後，終於看到他寫好了這本書，把旅程公開給大家。旅程的場景有家庭、千里外的流浪、自己的內心；旅程的情節有自我的對話、剖析、安頓，以及每天工作的探索。

最重要的，他希望分享他所看到的幸福的途徑，以及其樣貌。

沒有任何門檻的幸福。

推薦序

你是一切繁花盛開的原因

李惠貞（獨角獸計劃創辦人）

第一次認識阿貴，是因為雲門流浪者計劃，他從陝西回來，帶著對剪紙及人生的新體悟。阿貴的作品中總有一個個圓潤的小人，散發喜悅的氣息，彷彿述說些什麼。我好奇那些充滿童心的圖像，是從什麼樣的土壤孕育而生。

後來才知道，阿貴是一個說故事的人，剪紙只是他說故事的方法之一。在一幅以母親為主題的作品中，巨大的母親懷抱著孩子，一雙腳卻小得不符比例。他說，所謂母親，會為了孩子，放棄最珍貴的行動能力，而讓孩子有走向自己未來的能力。

二〇一七年的台北燈會，我看到惟一一件令我感動的作品，是阿貴名為「家」的創作（那年是雞年，「家」取自雞的台語諧音）。不是做一件讓人在外觀看的展品，而是把觀眾納進來，邀請每個人回家，思考家的意義。他事先在網路上蒐集了「家最讓你感動的一句話」，把「我們什麼都不會，但我們會一直陪著你」、「世界很複雜，但你要保持善良」、「你們長大了，我們可以放心老了」、「累了就回來」……這些真摯的話語剪成作品，當陽光透過剪紙灑進「家」裡，每個人都會震撼。他告訴我，這件作品的主題是「回家讓花開」。

讀者透過本書會明白阿貴的「土壤」從何而來。他不是長在先天豐饒的土壤中，他是從貧瘠及艱困中學會屹立的方法。

書裡談到他去陝西尋訪剪紙創作家庫淑蘭家鄉的故事，那是阿貴生命中重要的轉折，也是他報名流浪者計劃的原因。長期以來對自己的出身感到憤怨不平的青年，和庫淑蘭繽紛溫暖的作品相遇，使他產生好奇，是什麼樣的環境及人生孕育出如此幸福的作品？當他發現這些藝術創作出自一位居住在陝西黃土高原、環境艱困、一生苦難的大娘之手，他對自己的命運頓時有了新的理解。

他告訴自己，「從現在開始，我們讓自己成為一個好環境，也許有人路過我們身邊，也能帶走一點好風景。」

「大娘的作品感動人，是因為她把別人放在心裡。」

後來的阿貴，大家都知道了，他創作出一幅幅令人驚豔的作品，並以工作坊、演講，帶各個領域的學員、讀者，去思考和感謝自己所擁有的幸福。

對我來說，阿貴的出現，就代表一份禮物。他把自己經歷過的黑暗，轉換成溫暖的光。每回見面，一會被他逗笑，一會又被他感動。這個副作用，我想所有與他接觸過的人都經歷過，他的「金句」太多，又太會說故事，演講時總是使台下哭成一團又笑成一片。以我來說，則是不斷要拿出筆記本或手機，把他深入人心的話語記下來（編輯病）。

很開心他終於把自己的故事寫下來出了書，我們不用再記那麼多筆記，這本書會是阿貴目前為止蘊含最多珍珠的贈禮。

阿貴的許多話語都深印在我腦海，最喜歡這段文字——你是一切繁花盛開的原因。

最近一次見面，他又帶給我新的感動（新的金句）。其中有句話適切地說明了阿貴的生命姿態，藉此也獻給讀者——

「生命如此艱難，精彩是必然的。」

恭喜阿貴，祝福每位讀者。

目錄 contents

3 方向，比勇氣重要

4 工作，是通往世界的管道

5 光，必然在來的路上

第二部　幸福的形貌

前言

生活很辛苦，幸福就應該要很簡單

每個人面對的難關也許不一樣，但都需要力量去面對，而幸福是力量的來源。但如果幸福太有門檻，讓人覺得遙不可及，只會讓人更無力，而無法成為力量。所以只要一有機會，我最希望跟大家分享的就是那些生活中「沒有門檻的幸福」，這樣大家就能隨時能因幸福，而有力量面對生活的千辛萬苦。

會這樣想跟我的成長背景有關。我在資源匱乏的環境中長大，體驗過生活中那種對別人稀鬆平常，對自己卻遙不可及的無奈感；別人輕而易舉，我卻難如登天的無助感，以及自己再怎麼用力奔跑，都比別人慢的挫敗感。只是儘管生活充滿難題，生命卻也同時安排著許多美好事物，讓我有力量走到現在。

這些美好不只在我身邊，也在每個人的生活裡，是不用依靠別人或太多額外資源就可以擁有的幸福，也可以說只要自己願意，就一定會發生的幸福與力量。只是我們往往會因辛苦而忘記，因忙碌而忽略，然後覺得自己什麼都沒有，又因淚水模糊視線，因情緒失去客觀，更看不見就在身邊的幸福與美好。

在書裡，我分享許多生活中「沒有門檻的幸福」，有大自然中的花草樹木，只要你願意感受，就能隨時擁有的美好；有面對無法改變的環境時，只要我們願意接受都能發揮作用的觀念；有就在我們身邊的家人與朋友，只要你願意走過去，就能擁有的幸福。當然我知道我們再愛的人也無法一輩子在我們身邊，所以我更想跟你說，只要你願意花時間給自己，和自己對話，跟自己溝通，與自己當朋友，你就可以成為自己二十四小時的陪伴。你能理解自己，引導自己，照顧自己，其實你就是一直在自己身邊沒有門檻的幸福，不論什麼時候，儘管獨自一人，也能給自己力量與呵護。

也許你會說與自己對話溝通或者認識自己也是個門檻，這我知道，但這也是我們在無法掌控的環境中最大的幸運，因為門檻在外面或者在別人身上的話，不是你想怎樣就怎樣，你無法預測也無法控制，想努力也常常無能為力。但門檻只要在我們身上，那就充滿希望了，因為那代表著，只要我們願意開始，改變隨時都可以發生。

我想與大家分享的就是這些，在沒有人脈、沒有背景、沒有資源，在幾乎什麼都沒有時，只要「願意」就可以產生的力量！書裡所有的故事，只是想讓你知道，你所需要的許多力量其實就內建在自己身上，等著你按下「我願意」的開關就能啟動。

最後這本書的出現，要感謝大塊文化的郝明義先生。從二〇一六年接觸到現在，郝先生就一直要我出書，但我因為扛著家裡的重擔，只能不斷接案子，不斷處理眼前的問題，所以我總是說：

「郝先生，不好意思，我沒有時間回頭看。」想不到郝先生就只是說：「沒關係，我等你。」然後幾乎每一年都來問我：「士毅，你可以了嗎？」每一年我再怎麼不好意思，也都說不行。

就這樣往來了五、六年，到二〇二一年時郝先生竟然說要來工作室找我，然後就從台北跑來台南。我打開門看見坐在輪椅上的郝先生，想著怎麼有人會這麼鼓勵我寫作？聊天過程中郝先生帶著滿臉笑容再問我：「士毅，可以了嗎？」我擔心地問：「這真的有人要看嗎？」郝先生馬上說：「有，我就很想看。」這給我很大的鼓勵。

當時雖然答應了，但工作實在忙碌，過了一多年遲遲沒下筆。而郝先生就又跑來台南要我直接跟他說故事，那天待了八個小時，只為了錄音讓我之後有逐字稿當書寫基底。我構思過程中只要需要討論架構跟方向，就又跑下來台南跟我討論，前前後後五、六趟。看著行動不便的郝先生卻有著這樣的行動力，在他眼中好像只有方向，沒有困難，實在讓我好感動。我終於在二〇二三年定下心來開始書寫，我跟郝先生約定，盡可能每天整理一篇，當時白天工作，晚上七點到十二點寫作，其實覺得很辛苦，而讓我撐下來的就是郝先生的堅定，以及想聽我說故事的眼神。

所以這本書能完成，雖然有我的努力，但過程完全仰賴郝先生的堅持與堅定，可以說沒有郝先生，就沒有這本書。當時我問郝先生怎麼會如此堅持，郝先生笑著說：「跟你一樣啊，想讓大家看見這份沒有門檻的幸福。」簡單的一句話，提醒了我想給人幸福的初心，也讓我堅持到最後。

從開始接觸到現在，將近八年時間終於完成，如果用一句話來表達這本書，也就只是希望在辛苦的生活中，你能記得，你就是自己沒有門檻的幸福。

第二部

幸福的途徑

1

接受，是回到當下的力量

對生活提問是旅行的開始

我最珍貴的旅程，往往來自對生活的提問。

因為家境不好，從小大概過了十年寄人籬下的日子。住的地方是親戚開的理髮廳，也是媽媽工作的地方，小朋友都集中睡一層額外隔出來很矮小的閣樓，人在裡面是無法直立，大通舖的閣樓睡了將近十個小孩，而下面的廚房也常常是許多大人抽著菸打麻將的地方，煙味瀰漫而且十分吵雜。

這對我來說很不習慣，因為六歲以前我跟阿嬤住雲林農村三合院，外面就是寬廣的田地與平原，每天都在太陽下田園裡奔跑，甚至會騎著黃牛去玩耍。那時爸媽在北部做工寄錢回鄉下讓阿嬤幫忙帶小孩，我都覺得阿嬤就是媽媽，所以當爸媽要帶我上北部讀書時，我抱著阿嬤哭著不想離開，而阿嬤卻哭著把我推給爸媽，說要上去北部才有未來。當時我就很難過，為什麼要有「未來」之前，要先跟愛的人分開？這樣的提問，成為我成長的另一個動力，希望有一天自己有能力，不論在哪裡都能生活，只要跟愛的人在一起的地方，就可以是「未來」。

來到台北的日子，除了上課會出門之外，幾乎每天都在理髮廳，想看電視也不敢看，吃飯也要等別人吃飽。在理髮廳眼睛要放很亮，地上有頭髮沒去掃就會被打，水桶有毛巾沒去洗也會被揍，每天生活都很害怕。有時擋到大人的路，不是被推開，就是被打，長期下來我被打得又害怕又畏縮，總是一臉驚恐可憐的樣子，大人看我更不順眼，覺得我「顧人怨」又「鎮地」，然後又被打。

所以，我從小就覺得自己好像站在哪裡，都很多餘，好像都會擋到別人的路。

這聽起來好像很慘，但我想說的是這個經歷雖然痛苦，也帶給了我意想不到的收穫，就是我開始對生活提問。因為人往往在痛苦時才會提問，在快樂時我們通常只是享受不太思考。那時因為太痛苦了，我就在心裡問：「我是出生來被打的嗎？我應該被放在這個世界的什麼地方，我才不會那麼『鎮地』，才不會去擋到別人的路？」

這個提問，從小學開始，當然這不是簡單的問題，也無法馬上找到答案，卻讓我提早有目標。所以當有人問我「不知道自己的目標怎麼辦？」我都會說：「那就把找到目標當目標，其實人永遠都有目標，真正的問題往往不是目標，而是不願行動。」總之，成長環境雖然辛苦卻讓我提早思考未來，思考生命，成為我十多年的追尋；這個提問，變成我生命最重要旅程的開始。

為什麼這樣說呢？因為每個提問後，只要你願意去尋找答案，必然會擁有豐富的旅程。因為尋找是一連串移動的過程，只要移動必然有風景，你一定會擁有一趟與別人不同的旅程。

我想大部分的人都很喜歡旅行。如果你真的喜歡旅行，我想不應該只是翻開地圖或旅行書，而是用力地對自己的生活或生命提問，因為再長的旅程總是會結束，對愛旅行的人總是不夠長。旅行後也許有回憶，也許就遺忘，但對生活提問而生的旅程，短則數月，長則數年，不只帶來珍貴回憶也長出能力，所有收穫都會刻劃在心裡，甚至讓人找到生命的方向與意義。那是再厲害的旅行社也無法規劃的行程，裡面有專屬於你的收穫與寶藏。

所以如果你也喜歡旅行，就用力對自己的生命與生活提問吧！如同我問自己應該被放在世界的什麼地方，而擁有了一場為期十多年的旅程。最終我找到了自己的答案——我想當個說故事的人，想成為一個管道，想把世界給我的感動，用自己的藝術天賦，再分享給更多人。

要找到，真的很不容易。所以現在回頭看，雖然我不追求痛苦，但還好有當時的痛苦，讓我提早提問，提早尋找。

我應該被放在這世界的什麼地方？
這個提問成為我旅行的開始。

人不該被逼迫，而是被引導

理髮廳的親戚為了賺場租費貼補家用，常常會約人來打麻將，最多時候一次三桌，加上旁邊觀牌的人，小小的廚房飯廳，塞滿了十幾個人。每一天都很吵，我跟弟弟睡在飯廳上的小閣樓，幾乎就是在麻將聲中長大。

那些大人很厲害，打起麻將可以三天三夜不睡覺，當然他們會抽菸、喝提神飲料甚至吸毒來輔助精神。當時小孩總是會被叫去買檳榔、香菸、飲料與便當，回來後我常常好奇地在旁邊看大人打牌，大人發現時都會說：「小孩看什麼，去讀書。」

每次聽到大人這樣子講，我心裡就會覺得：「認真玩起來可以三天三夜不睡覺！如果你們這些大人，用打麻將的意志力來讀書，應該也會超強的。」

先不管打麻將是對或錯，但這個經驗所讓我明白一件事情：人其實不應該被逼迫，人應該被引導。你把一個人引導到他熱愛、他喜歡的地方，你想抓他都抓不住。但我們往往不願意給身邊的人時間，總是很著急。大家明明彼此相愛，卻又苦苦相逼，相愛的人反而退到遠方，雙方都孤單，很不值得。

只是話說回來，本來就沒有人有義務給我們時間，但我們卻有責任陪伴自己、引導自己。找到渴望，那我們就不用被狼狽地逼迫，而是每天擁有誰也抓不住的動力，然後優雅又充滿力量地前進。因為這個體會，加上知道自己未來要一直工作還債，生活一定會很辛苦，這使我意識到，我一定要找到那個讓我熱愛到廢寢忘食也忘了辛苦的渴望，這樣我才能走得下去。所以我花了很多時間給自己，藉由日記書寫與攝影，不斷自我對話，就是為了引導自己找到一輩子的熱愛。

為什麼是攝影與書寫？

我們都知道，你的決定代表你是誰，每個決定都連結著自己的內在的情感與性格，閱讀自己的決定就是在認識自己。但大多數的決定不是在腦海中完成——看不見也難以捉摸——就是在生活中進行，當下時空一過去，每個決定就隨之消散，常常來不及感受，又或者只剩模糊的記憶，難以精準閱讀。

而攝影的每個快門都是一個決定，每當你按下快門，記錄的不只是外在的世界，也同時記錄下我們內在的風景，只要願意花時間，我們可以從影像中看見決定時的蛛絲馬跡，好整以暇地閱讀我們的每一個起心動念，藉由閱讀決定認識自己，也探索自己。這個閱讀過程創造數百張的攝影作品，同時也累積無數自我影像分析的文字，包含生活的點滴感動。那幾年間也寫了將近五十本日記，讓我對自己愈來愈清楚，最後找到自己的熱愛，也看見自己的獨特，可以擺脫自卑，堅定而自信地生活。

為什麼是攝影與書寫的另一個原因，當時我資源極度匱乏，無法使用高度耗材的創作媒材。例如畫畫，有時連買油畫顏料的錢都沒有，但是書寫只要有紙筆，除了便宜且唾手可得，幾乎不受空間限制，所以我身上總是帶著日記本隨時都可以書寫；攝影則是生長在數位時代的幸運，最大成本就是數位相機本身，之後就可以無限次地拍攝，只要我不沖洗照片幾乎不會增添額外成本，在電腦上就能進行影像的閱讀。到了現在，只要有手機就有相機，不像以前有很高的門檻。但問題是我們通常只是做決定，卻不閱讀決定，最後只累積一堆影像或回憶，卻不一定能靜下心來好好閱讀自己的每一個決定，總是不斷地跟著大家奔跑，或者被不斷起伏的感覺與心情帶著到處走，卻依然不認識自己也不知道方向，最後反而空虛。

我一直覺得不要跟世界一起著急，花點時間想一想要的是什麼，清楚方向，步伐就會篤定，不會因為三心二意，走三步退兩步，不斷原地打轉，最後反而更挫敗。所以篤定本身就會產生速度，速度就會拉近跟未來的距離，就像你從高雄坐高鐵上台北，可能在當時比台鐵晚一點出發，但因停站的次數少，最後卻比台鐵提早兩個小時到台北，這是篤定產生的速度，未來提早兩個小時發生。

另外，沒想清楚，快一點到達，也不一定幸福。因為人生最痛苦的不是得不到，而是得到了卻發現這不是自己想要，但你已經花了三年、五年。就像大學時選科系，時間都投入下去，想要收手不甘願，想改變也害怕，人生就這樣過，那實在太痛苦。

這是麻將間那些廢寢忘食的大人所給我的啟發。有人引導很幸福，沒人引導就自己陪自己。花點時間思考與探索，可能會比別人晚點出發，但找到自己熱愛，就不怕過程辛苦，可以帶著熱情一路充滿樂趣，到達自己渴望的地方，慢一點也值得。因為人生最重要的不只是到達，而是一路上知道自己為什麼而努力；一路都因明白自己方向而雀躍，而非抵達才慶祝。

攝影的每個快門，記錄外在世界，卻顯現內在風景，閱讀影像中的決定，就是閱讀自己。

沒有選擇的時候，是選擇的開始

沒有選擇的時候，是選擇的開始。給我這樣的啟發，是媽媽。

我們住的理髮廳有個麻將間，很多人在賭博，裡面煙霧繚繞，不只是香菸還有毒品，甚至有過打打殺殺的場面。這樣的成長環境對大多數人而言都不是好環境，對我其實也是，那時候常想著為什麼我們要在這種地方生活，為什麼我們這麼窮，沒辦法有自己的家？

有一天媽媽帶著我站在麻將間門口說：「對不起啊，讓你在這種環境成長，實在是不得已，媽媽會努力改善我們的生活。」然後指著麻將間繼續說：「我們一時間離不開這裡，你就利用這裡好好看清楚，世間有一種生活有毒品、有賭博也有暴力。現在沒得選很無奈，但你看著這裡，想想自己的未來要走到這世界的什麼地方？」

在一個無法維護孩子純真的地方，媽媽就乾脆把這個世界的好與壞全部攤開，陪我好好看清楚。一切的不好如此具體真實地呈現在我眼前，我完全不用想像，也不用因好奇而背著大人偷偷去接觸，最後反而走到不好的地方。所以媽媽就順其自然地在麻將間，陪我看，帶我想，在沒選擇的地方，教導我選擇。

「離不開，就利用它，才會不白受苦」是媽媽面對問題時給我的觀念，讓我在充滿限制的成長過程中，反而長出了許多意想不到的能力。另外，媽媽將原本的不良場所，轉化成獨一無二的教育場地，這根本就是超級強大的創意，而這樣的創意來自哪裡？來自母親對孩子的關愛，這也影響後來從事創意工作的我，記得要追求的不是創意，而是記得你心中關愛的對象，他們就會帶著你找出令人驚喜的創意。

我想很多父母一定都希望給孩子最好的成長環境，有時還因為給孩子的環境沒有別人的家裡好，而對孩子感到愧疚。但大人對孩子有愧疚就無法有立場，沒有立場，就無法好好教養，最後親子關係反而也會出問題。所以如果環境一時改變不了，那還不如傷點腦筋，用創意將每個孩子成長的環境變成量身定做的教室，給予孩子面對問題的身教，也為孩子創造意想不到的收穫。

痲將間裡的家庭教育，是我國小到高職期間的生活，在這樣的環境長大，我沒有變成太不好的孩子。這段故事除了希望可以為大人們增加一點教養的信心之外，我知道很多人在生活中都有他沒選擇的時刻，分享這段媽媽給我的啟發，也希望每個人在離不開的環境中，都能找到美好的利用方式——讓所有的無可奈何的時光，都變成生命中無與倫比的力量。

心想事成是與生俱來的能力

因為成長環境的關係，我養成了很悲觀的個性，常常覺得自己能力、資源、家境都沒有別人好，想做的事情根本沒有希望。當我認為一切都沒希望，我就不會行動，不會再去尋找希望。因為什麼都沒做，最後就如我所想的，什麼都沒有發生，一切都沒有希望。

好幾次下來，把自己搞得很難過又沒信心，覺得不能再這樣下去。當我冷靜下來，突然發現，這不也是另一種「心想事成」嗎！因為一切照我所想的發生了，我覺得沒希望，最後果然什麼也沒發生。

那時我告訴自己：「楊士毅，我們就是因為什麼都沒有，所以更不能浪費這個一直在我們身上的資源與力量。既然『心想』可以『事成』，『願望』可以『成真』，為什麼我不集中火力去想望我真心渴望的事情呢？」

很多人會說我很正面，但對我來說，這無關正面或負面，我只是客觀。因為我什麼都沒有，所以珍惜僅有的，因為很多事情我無法控制，所以一定要抓住我能掌握的，我不要浪費我的「想」，我的「願」。想壞就會壞，想好就會好，那我一定要全心地想「好」，我們愈沒有資源，愈不能浪費這「心想事成」的能力。所以到最後最重要的反而不是我們是否能改變環境，而是我們每天是否能引導念頭，穩定思想。

所以我選擇相信有希望，如果看不到希望，我就去創造希望，也許不一定成功，但至少會產生行動。只要有行動就會增加機會，我們的生活也因持續的行動而精彩，不管最後是否成功，在經歷這一切的過程中，收穫都早已發生。

分享這個，是希望那些在面對困難而覺得沒希望的朋友，當你覺得自己什麼都沒有的時候，記得你永遠都有「心想事成」的能力。不要想著不可能，而是專注於自己真心渴望的，讓這與生俱來的能力來幫助你，讓一切希望都心想事成。

天堂就在你用心感受的每個地方

從小不能出門，沒有畢業旅行，更不可能出國的我，看到可以出國旅行拓展視野豐富生活體驗的同學，總是羨慕、嫉妒又難過地想著：「像我這樣家庭貧窮、資源匱乏的人該怎麼辦，難道我的人生就沒有豐富精彩的希望？」

所以當我第一次聽到「一沙一世界，一花一天堂」時，就覺得好感動，雖然這聽起來很不可思議——這麼龐大的美麗怎麼濃縮到小小的空間裡？——但我完全不懷疑。我惟一好奇的是，怎麼看見沙子裡的世界，釋放花朵裡的天堂？這讓我知道重點不是世界有多精彩，而是你的感受力有多強大。

我想出國或旅行不就是為了看到不一樣的事物，擁有不同的感覺、驚喜與感動？那如果我能看見尋常事物中背後的豐富，儘管我原地不動，也能就地旅行——一輩子哪裡都不能去，人生也能精彩。總之，這句話給了我很大的鼓勵、信心與希望。

我這麼想，也認真地相信，相信就會帶來實踐與行動。

因為擁有得很少又被限制在理髮廳，我不會被大量的資訊混亂，不會因追新獵奇而分心——我可以更專心專注，更能穿越表象獲得深層的訊息。我徹底地閱讀每一張自己拍下的照片，踏實地在文字書寫中不斷分析內心每絲細微運作的感覺，我的感受力就這樣慢慢在每一天的練習變得愈來愈強，一朵花、一棵樹木都能變成一場驚喜連連的旅行，給了我許多感動與啟發，成為我生活的力量。當感受力不斷增強時，整個世界的風吹草動都會被放大，而自己就像一隻螞蟻，面對從天而降的雨滴都如同看見天上掉下來的湖泊。在這樣的狀態下，不論你認為自己的生活如何平凡，其實都必然有大風大浪，都有足夠的精彩安排在你身邊。

我們每天都有很多感覺在發生，我們通常都沒有消化、沉澱與整理的習慣。我們為什麼哭？為什麼笑？我們也都懶得想太多。每一天累積不被理解的感覺，尤其關於難過的感覺，更是不想觸碰，到了最後就變成堆積如山的作業，讓人不知從何下手。我們開始習慣對自己的感覺置之不理，像缺課太多的學生，就直接放棄這個學分。日積月累層層堆疊的感覺，最後就覆蓋與鈍化了我們原本敏銳的感受力，然後我們就與自己漸行漸遠。

這樣雖然可以遠離難過的感覺，但快樂也就需要更大的刺激、更遠的旅行、更多的刺激……我們愈來愈無法在日常生活裡獲得感動與幸福，日子反而愈來愈辛苦。

到最後我才發現，真的願意用心感受，光在身邊的人事物就感受不完了，也發現自己以前一直期待遠方反而忽略眼前，更忽略「自己」本身就是最需要感受的對象，當開始試著感受，才突然意識到我對自己很陌生，我想這也是大家害怕感受的原因，因為感受會讓人看見美好，也看見問題，而一旦看見就很難忽略。於是我開始看向自己，這也是我寫日記的原因。在多年不斷感受與探索後，我看見自己生命的豐富性，也看見自己的獨特性，同時找到藝術創作的天賦，成為釋放內在的感動與大家分享的工具，人也變得有自信。

於是，匱乏且充滿限制的壞日子，反而變成我學習用心感受的好日子。

「一沙一世界，一花一天堂」的觀念，影響著我的生活與創作。我出生勞工家庭，身邊大多數也是辛苦的人，世界有多大多精彩，對於離不開的人只是無奈與哀傷。所以我跟自己說：「我們不要用一個宇宙來跟大家說生活有多精彩，而是用日常平凡的事物，來呈現背後意想不到的豐富與驚喜。」這也許也能帶給大家鼓勵、信心與希望，讓人們不用因為匱乏而無奈慌張，不用為了人生精彩大費周章去到遠方，而是相信在自己所處的地方，也能因用心感受與實踐而活出意想不到的人生。

所以我說故事或創作的元素與主題，除了日常生活、大自然與家庭，讓大家看見這些一直在我們身邊的幸福與美好之外，最希望的就是能讓大家記得給自己時間，也記得你就是沙、就是花——看似平凡而尋常，但只要你願意感受，你的生命就是世界，就是天堂，有著意想不到的豐富精彩值得你去看見與釋放。

只要願意感受，世界沒有所謂
平凡之事。處處充滿驚喜，你
的生命也是。

接受，不是無奈，是與問題正面對決的開始

家裡本來就貧窮，爸爸又不工作愛賭博，沉迷在麻將、六合彩，只靠媽媽剪頭髮養家根本就不夠。從小看著爸媽為錢吵架，記得國中拿學費單回家都害怕。看著家裡負債不斷增加，媽媽負擔一直加重，我很小就覺悟長大以後要扛起這一切。

後來出社會工作時，有好一陣子平均每個月要拿十萬塊回家才能處理問題，這還不包含我個人在外生活的開銷與貸款。當時沒錢的時候，就算借錢也要寄回家，真的很痛苦。

我也曾經在心裡問過，為什麼身邊同學朋友只要顧好自己就可以？他們可以輕裝上路步伐輕盈，我卻要扛著重擔緩慢前行？覺得人生好不公平。

但這樣想並沒有變得比較好過，難過或不平衡都無法幫我解決眼前的問題，反而增加心裡痛苦，削弱面對問題的力量。我覺得不能再這樣下去，否則最後壓垮我的不是負債，而是自己負面的心態。

我知道痛苦的來源，不只因為環境，也來自我看待事情的方式。我想，如果外在環境一時之間無法動搖，那我至少可以先從自己的內在心境下手。

我告訴自己：「楊士毅，我們不要再跟別人的人生做比較，愈比心裡愈難過，難關愈是走不

過。公不公平不重要，重要的是不公平也要讓自己過得好。」當我這樣跟自己說，雖然無法馬上改變外在環境，但內在痛苦瞬間減輕一半，內心甚至長出了力量。我乘勝追擊跟自己說：「楊士毅，我們脫離了不公平與不平衡的掌控了，現在我們全心全意，集中火力，尋找扛起重擔的方法。」

我就在這看似無可奈和的成長環境中，突然體會到「接受」真正的力量。

接受，不代表無奈，也不是坐以待斃，是不再將力量浪費在無法改變的事情；是解除不平衡的心境，讓內心回到平靜；是不再糾結過去而讓心回到當下，看清現況，重整力量，盤點資源，專心面對問題的開始。

從來沒想過「接受」的力量是如此強大，不只跟無奈毫無關係，反而與積極之間有著密不可分的連鎖反應，是只要自己願意就能運作的力量。分享這個發現給大家，如果生活中也有無奈，也有不平衡，利用「接受」，長出與問題正面對決的力量。

家庭是老天為我們量身訂做的教室

環境有好有壞，但環境對我們的生命是好是壞，完全取決我們怎麼看待。

我的成長背景對大家而言應該不是什麼好環境，我自己也常常抱怨為什麼老天對我這麼不公平，為什麼我要寄人籬下一直被打被看不起？為什麼讓我出生在這樣的家庭？為什麼我要背負家裡的債務？為什麼我負擔比人多能力卻又比人差？

這些「為什麼」還可以一個一個繼續說下去，但問著不會有答案的問題，白費力氣也徒增痛苦。一個一個的「為什麼」，也只是對自己一次又一次的打擊，無法改變事實，又削弱面對問題的能量。

我曾試過這樣的想法過日子，日子只是愈來愈難過，人也愈來愈消沈。我覺得不能再這樣下去，所以我跟自己說：「楊士毅，環境一時無法改變，而時間與精力與想法是我們僅有的一切，我們沒有條件可以浪費僅有的資源。既然這個想法沒有讓生活更好過，我們就試著把時間與精力投入在另一個想法，看看日子會不會不一樣。」我試著安撫自己後接著說：「沒有人的家庭是完全一模一樣，那就把家庭當成老天為我們量身定做的教室，看看裡面有什麼專屬於我們的學習與寶藏！」

當我這樣想，環境雖然沒有變得不一樣，但我的心態、眼睛與生活開始變得不一樣。

「量身訂做」代表著有人關心，因為有人在意與設想，才願意為你大費周章安排，而「教室」代表裡面有著所有我們需要的學習與寶藏，等著我們去發現與收穫。我想畢竟不是每個人有機會寄人籬下，或者生活在煙霧瀰漫有毒品有賭博的麻將間。如果拍電影要創造這樣的場景與演員，不知道要花多少錢，而且無法呈現真實感。這樣的想法讓我心裡有了感恩、有了力量，也因變得好奇而有了發現的眼睛，面對困難時不是無奈不平衡地問「為什麼」，而是張大眼睛看看「裡面有什麼」，找出每個辛苦背後的學習，以及隱藏於困境之中的寶藏。

例如：三天三夜不睡覺瘋狂賭博的大人們，讓我看見真正熱愛一件事物就會產生源源不絕的活力，啟發著我要去尋找自己一生的渴望；在貧困環境中，沒有浪費的本錢，我養成了以有限資源用精準的規劃帶來最大效益的習慣，也就是看清楚事情結構脈絡然後四兩撥千斤，以小博大的能力；在因吸毒而妻離子散最後變成街友倒在街頭結束一生的叔叔身上，知道逃避現實的方式很多種，但毒品再好奇也不能碰；因為沒有朋友也總是被討厭，我在日記之中養成跟自己對話的習慣，學會了跟自己當朋友，讓自己擁有二十四小時的陪伴與力量。這些收穫我三天三夜也講不完。但我最想分享的是，人生很多事情沒得商量，也無法討價還價，就像我們改變不了出生，更換不了父母，但我們隨時可以調整自己的想法——只要我們願意耐心跟自己商量，跟自己討論，必然會在壞環境中找到最好的對策。

我把家庭當成老天量身定做的教室，因為這樣的看待，我從憤怒不滿變成感謝探索。我不只免於不斷遭受憤怒怨恨的情緒折磨，也沒有錯過老天為我精心安排於困頓之中閃閃發光的能力與寶藏。

想法是強大的力量，是點石成金的魔法。祝福每個人不論在什麼環境，都能因為自己的好念頭，讓所有地方都轉換成生命成長的好環境。

生活是生命的健身房

曾經我很怨嘆我的出生，我的環境，覺得為什麼別人的家庭好像很健康、很富足，而我卻要寄人籬下沒有一個屬於自己的家，每一天都不知道什麼時候要被打？活得好恐懼、好痛苦。但當我知道這樣的念頭無法給我任何幫助之後，我除了把家庭看成是每人量身定做的教室，也把開始把整個生活當成鍛鍊生命的健身房。

所以我每次遇到困難時，也會這樣跟自己說：「楊士毅，我知道你很痛苦，但環境的苦一時無法改變，你又這樣想，不就內外交迫更痛苦，怎麼會有力量去面對外在的辛苦？我們不要這樣想，就像媽媽說的離不開就利用它。我們利用這個環境吧，我們把這裡當健身房吧，讓每個外在的辛苦當成內在的重量訓練。當有一天我們可以離開時，我們帶走的就不會是一身的傷痕，而是一身的好武藝。楊士毅，我們不要白受苦好嗎？」我跟自己說好，原本想法所產生的的痛苦瞬間減輕，我也變得冷靜。

想法很重要，但要實踐才有意義，所以我不只這樣想，也開始這樣做。

例如，在理髮廳時我因為恐懼害怕說話做事往往都畏畏縮縮，整個人遲鈍又愚笨，大人看到我就覺得討厭，台語來說就是「顧人怨」。大人聽我說話時大概只有十秒、二十秒的耐心，聽不下去巴掌隨時就會打過來，所以我就開始利用大人對我的沒耐心，練習怎麼十秒、二十秒內把話說完，而且不只要有重點，還要有觀點，別人也會因特殊觀點而被吸引，然後願意再給我下一個二十秒，最後這也成為我說故事的能力。

而在看人臉色的環境長大，使得我很在意別人眼光，在這環境中我養成很強的感受力與覺察力。這不只對創作，對生活、生命都是很重要的能力，感受力與覺察力愈好，愈能看清環境，精準判斷，有效率地解決問題或創造美好。我到現在依然在意別人眼光，但不一樣的是，以前是因為恐懼，現在是因為體貼，所以我常常可以在別人還說不出自己想法時，已經感受到他的確切需求，這帶給我很好的工作效率，合作對象也往往從客戶變朋友。

我利用環境，不只沒有白受苦，鍛鍊出感受力、覺察力與說故事的能力，最後帶給我工作與提案很大的幫助。

在把生活當成生命健身房的概念中，我就在恐懼中學習穩定心情，在孤單中學習陪伴自己，在挫敗中學習鼓勵自己，在絕望中學習保持希望，在黑暗中記得看向星光。我利用各種情境來學習，我慢慢地從痛苦環境中獲得成長的喜悅，從困頓中獲得面對困難的能耐，練著練著從本來只能負重二十公斤，慢慢變成五十公斤、一百公斤……到後來我發現痛苦愈來愈少，不是生活壓力變小，而是我承受衝擊的能力變強。當我可以負重一百公斤，二十公斤就不會再讓我掉眼淚，生活的困難不再是對我的為難，而是讓我爆發生命潛能的訓練。我因為從中獲得了好處，心中開始有了感謝，也因為感謝我開始用不同的眼光看待過去，我的內心漸漸脫離憤怒的痛苦，也卸除怨恨的折磨。我變得快樂，也變得更強壯，這一切的改變，完全來自於利用環境的想法。

我講這些不是要說過去的事情都是對，也不是一定要去感謝。人生已經夠苦了，完全不要為了磨練自己而自討苦吃。如果痛苦的環境能離開，一定要快離開，只是我知道人生有種滋味叫無奈，很多時候不是想走就能走，那種苦我能體會，所以才想跟大家分享這個想法：離不開，那就利用它，不要白受苦。也許有一天脫離這個困境而突然發現自己健步如飛，或者能扛起生活中的千斤萬擔時，我們也會開始感謝那些曾經有過的負重。

感謝，不是過去沒有對錯，也不是為了感謝誰，而是為了善待自己，因為心中有感謝一定比有怨恨更快樂更有力量。生活很辛苦，感謝，只是為了讓我們在心中產生力量來面對眼前的各種辛苦。

2

自己，要溝通到最深處

盡情逃避，
才會甘願回頭，全力面對

逃避是人類遇到危險或痛苦時很自然的反應，就連三十六計的最後一計也是「走為上策」。但前提是「逃」必需是個方法，而非心態。若是方法還可能有用處，若逃避是心態，那逃到哪裡都沒用。成長的環境讓我很早就有這樣的體悟。

住在理髮廳的日子總是被打被罵，每天充滿恐懼與痛苦，曾經我以為離開我討厭的環境，或討厭的人，生活一定就會變得快樂，因為我覺得世界上再沒有像理髮廳一樣讓我痛苦的地方了，所以一有機會我就想逃。後來許多攝影作品，我常常把窗戶丟到天空去，希望可以在天空安裝一扇窗或一扇門，打開之後我就可以離開我所處的環境，去到天空自由柔軟的內裡。我一直逃，一直逃，我從新北三重逃到台南讀大學。但離開了理髮廳，卻沒有離開自卑畏縮的性格，我看到人就緊張，整個人孤僻又陰沉，跟同儕關係很差，不懂與人相處，也交不到好朋友，在群體中總是格格不入，當然這跟成長中形成的自卑封閉的個性也有關係。那時候我又好想逃離群體，分組作業時我都不跟人同組，害怕別人目光，也擔心被指指點點，上課時也都坐在教室最後面才有安全感。

我坐在教室最角落，往後看是教室牆壁與垃圾桶，我想著怎麼去到哪裡都有我討厭的人，討厭的環境，再這樣下去我可能要離開地球表面到月球才有機會快樂了。逃避其實很浪費資源，時間、

每個念頭都是一扇會把我們帶
到不同生活的門——任意門不在
世界，它在我們心裡。

精力與金錢，而且搞不好我還來不及賺足建造太空梭的錢就老死了，這不就代表我這輩子永遠不可能快樂!?

突然間我發現因為不安與恐懼，我的逃避已經是一種無意識的習慣與心態，而非客觀有意識所選擇的方法。儘管我有能力，有資源去到沒有討厭的人的月球，我也依然離不開我內心的不安與恐懼。我的心永遠跟著我，我去到哪裡都沒有用，用逃避的心態，問題不會消失，怎麼跑也是原地打轉，大費周章卻徒勞無功。最後內心只會更痛苦，愈是逃避與快樂離得愈是遙遠。

我跟自己說：「楊士毅，我們逃也逃過了，我們不要再逃了好嗎？想要快樂不是去一個所謂更好的地方，而是讓自己擁有一顆能面對不安與恐懼的心。我們曾經盡情逃避，現在我們全力面對，學習在不安中穩定自己，在害怕中繼續往前走。我們把所有時間與力氣拿來鍛鍊自己的心，也許有一天不論我們在哪裡，也都能擁有快樂。」最後我當然選擇面對，不是因為勇敢，而是逃避太浪費資源，又無法得到真正的快樂。

人有時就是需要這樣徹底地逃避，才會甘願回頭，全力面對。

所以我總會鼓勵身邊的朋友若要逃避就盡情逃避，不要因邊逃邊自我譴責，而增添不必要的罪惡感。重點是觀察，把逃避當成一場實驗，邊逃邊觀察，觀察自己的逃避是心態還是方法，也觀察逃避有沒有帶自己去到想要的地方。有沒有愈逃愈快樂？如果有就繼續逃，如果沒有就停下來，也許這樣事情反而會單純得多，最後的決定也會更甘願，更篤定。

逃避問題就像對抗地心引力，
有短暫飛翔的快樂，但氣力用
盡後，就是墜落的痛苦。

對自己叛逆

叛逆是生命很珍貴的力量，但因為它是文言文，所以總是被誤解。我幫大家翻譯成我心中的白話文——所謂「叛逆」就是用全部的生命力，讓你的今天跟昨天不一樣，也就是改變的力量。

以前我不懂好好利用這股力量，總是用到外面去，對家人、對老師、對朋友。也許可能打勝仗，但找不到人分享，因為被打趴在地上的總是我們身邊的人。而戰爭沒有贏家總是兩敗俱傷，所謂勝利也只是受的傷比較少，還勉強站得住，內心可能還因懊惱與罪惡感，無法真正的開心。這樣的勝利毫無意義，力量也白白被浪費。

我想到以前老人家常說「肥水不落外人田」。後來我決定把這股力量用在自己身上，於是，我開始對自己叛逆。

怎麼對自己叛逆？

其實我到台南讀書，除了逃離理髮廳，也是為了逃離家庭。住在別人家被打必然會想找媽媽，但媽媽總是會再打一次，不打就代表別人打錯了。雖然知道是因為我們住在別人家裡，也知道媽媽的無奈，但身為孩子需要的就是呵護、理解跟陪伴。這麼根本的需求沒有得到，一口氣過不去，就變成了憤怒跟怨恨，讓我們產生了距離。所以逃到台南，遠離三重。只是嘴裡說生氣，不代表心裡不想念，不代表捨得媽媽難過。可是我賭氣，我害羞，我不敢說。

所以，我就告訴自己：「我們叛逆一點，不敢說愈要說，愈賭氣愈要穿越情緒，害怕面對情感愈走到彼此面前。楊士毅，我們用最叛逆的方式走回家，我們明明彼此相愛，就不要讓過去的傷痛把我們的愛相隔在兩地。我們回家，跟媽媽說說心裡話，說說自己內心的難過與需要，也說出對媽媽的想念與不捨。」

我就這樣用叛逆自己的方式，一天一天改變，一步一步走回家，從怨恨憤怒到愛與感謝，花了十年走回媽媽面前，重新當媽媽的孩子。現在我可以牽媽媽的手陪她去買菜，抱著媽媽跟她撒嬌說：「媽媽我愛妳。」

叛逆是生命珍貴的力量，就應該用在自己身上。如果你也叛逆，希望你能叛逆一輩子，可以叛逆成自己喜歡的樣子，也叛逆出自己渴望的幸福。用這珍貴的生命力，讓我們的每一天跟昨天不一樣。

毫不留情，有時是最好的疼愛

我寫了五、六十本日記。

寫日記不只為了記錄，更重要的是我每一篇日記都像是一把最銳利的解剖刀，盡可能毫不留情地把自己剖得清清楚楚。只要我哭，我要知道眼淚到底從哪裡來，只要我笑，我要知道笑容的成份是什麼。當我知道眼淚與笑容的來源與成份是什麼，這樣當情緒來臨時，我才知道怎麼去化解，當我需要一份快樂時，才知道怎麼去調配。否則所有的眼淚與快樂都不明不白，快樂只能等待它偶然發生，快樂根本不是自己的。而難過情緒來臨時，如同面對暴風雨毫無招架之力，只能任由情緒擺佈，實在很不自由。

所以，我書寫不是為了文學，是為了自由，是為了不再被莫名的情緒掌控。我必須對自己毫不留情地解剖，才能看清情緒在我身上的運作，讓自己儘早脫離掌控。

例如，從小被大人打到大的我，內心受傷也充滿陰影，看到權威性的角色都會很害怕。記得在東引指揮部當兵時，有一次遇到指揮官迎面而來，因為在坑道閃也閃不掉，我好緊張好害怕。因為長期寫日記與自己對話的習慣，當下就知道那是過去被打的陰影形成的恐懼在掌控我，所以我馬上告訴緊張而僵硬的自己說：「楊士毅，打你的人不在這裡，不要害怕，不要被過去掌控。指揮官雖然是大人，但他不是打你的人，不要緊張，我們好好舉手敬禮就好。」在那瞬間我知道情緒的來源也穩定了自己，我看著指揮官的眼睛，一邊走一邊舉手敬禮說：「指揮官好。」就在與指揮官錯身而過時，我好感動，我覺得自己長大了。可以理解自己情緒的來源與運作，可以不被恐懼掌控，我好像更自由了一點點，對自己也多了一點信心，好開心。

藉由日記，我開始學習把自己當別人般地觀察。每當我打開日記，就如同進到實驗室，看著實驗室裡那永遠的白老鼠，也就是我自己，遇到什麼情境會產生什麼情緒，甚至帶動什麼反應與行為，也慢慢找到對症下藥的解方。把自己當別人，是寫日記很好的收穫，因為我們看別人總是比看自己來得清楚。當我們沒有切身的利害關係，就變得客觀，更能看見事情的要點與根源，往往更能給出更好指引與建議。就如同我在坑道遇見指揮官時，與自己說的話。

我把日記當解剖刀，聽起來很抽離很無情，但其實另一方面來說也是對自己夠愛，才下得了手，因為我覺得讓自己一直受困在過去傷痛的繭，而不曾看見自己破蛹而出的美麗，對自己的生命才是最殘忍的事。惟有把自己看得愈清楚，才知道怎麼對症下藥、怎麼照顧自己當下的需要、怎麼避免讓自己不斷在同個地方受苦、怎麼創造自己想要的笑容。說起來很矛盾，但對自己毫不留情，有時是最好的疼愛，把自己當別人，反而是最好的看待。

感謝日記，感謝文字，在最孤單迷惘的時光，只要我願意拿起紙筆，它們就隨時跟我在一起，隨時陪著我走進心裡，像個火把照亮內心需要照顧的地方，也照亮早被安放在心中的生命寶藏。

堅定地相信，倔強的行動

在不能出門也沒有資源出去探索世界的成長過程中，我總倔強地想著：「儘管哪裡都不能去，但我相信只要探索自己到最深處，一定能找到自己的獨特性，與身為人類的共通性。」獨特性會讓我有存在的意義，共通性會讓我有與世界連結的能力。

我是這麼倔強地相信著。但如果沒有具體的行動，就不是倔強，只是任性。

所以我在日記中跟自己對話，我全心全意地探索自己，因為我相信人類到深處沒有兩樣，文化有差異，但人的情感都一樣。我無法去研究全世界的每一個人，但我們都是人，我相信只要與自己溝通到最深處，了解自己到最極致，不只能找到自己的獨特性，也能明白人類的共通性——未來我一定也能跟世界溝通，或者創作出令大眾感動的作品。

我不斷倔強地行動著，我把日記書寫當解剖刀，毫不留情地面對自己，我分析自己的感覺與情緒裡的成分與組合，我看見了痛苦與快樂形成與運作方式。當我知道情緒的形成路徑後，也就知道怎麼化解與脫離情緒對我的控制，也因為明白喜怒哀樂的運作方式，慢慢知道怎麼在創作時，為大家調配一份感動、創造一道笑容，在說故事時也能以獨特的觀點，帶來共同情感的共鳴。

這些努力最後果然發揮效用。美商蘋果公司來找我合作時，他們坐飛機來台灣，再轉高鐵到台南，之後又坐計程車到我小小的工作室，就是因為他們覺得我的作品獨特又擁有人類共同的情感，可以帶給大家內心需要的感動。後來陸續跟嬌生集團、德國蔡司、蘇格蘭百富威士忌等國際品牌的合作，也都是因為這樣的原因。

在什麼都沒有的環境，在哪裡都不能去的時光，在幾乎看不見未來的生活，我們永遠還有自己，我們可以往自己內心跑，往自己生命看。也許不一定能馬上出現轉機，但至少會照顧到自己，讓內心健康強壯，讓自己有力量繼續往前走——相信最後一定能找到自己生命獨特而豐富的寶藏，走進世界分享人類共同的需求，也創造自己想要的生活。

我喜歡說「我相信」，因為「相信」我們才會行動，因為行動，所相信的事情才有機會實現。希望自己這段故事能給大家一點信心，對於自己所渴望的，堅定地相信，倔強地行動。

成為自己二十四小時的陪伴

關於寫日記，還有一個重要的收穫，就是讓我學會，在與人生知己相遇前，要先知道自己。知己，是自己的責任，不是朋友的義務。

沒朋友，是我寫日記的另一個原因。大學時期，我離開三重的理髮廳到台南讀大學，但因為長期在理髮廳被打被罵被輕視，整個人脆弱又自卑。我渴望朋友又怕被拒絕，看到同學就緊張，互動時畏縮又彆扭，同學覺得我很怪，很少有人願意聽我說話。我覺得沒人理我，也沒人懂我，在班上幾乎沒朋友，心裡難過又生氣。

既然無法跟別人講話，就跟自己說話，所以開始寫日記抒發心情。在書寫日記時，很多內心的感覺連自己都搞不清楚，就算要寫也不知道怎麼描述，才發現連自我表達都無法做到，那期待別人理解是多麼不合理，心裡的難過不平衡是多麼不必要。這個體會讓我從期待別人的理解，變成自我溝通的要求——本來因沒有朋友而無奈書寫，變成在日記中與自己交朋友。

我們都希望在人生之中，擁有能傾聽也能理解我們感受的知心好友，卻很少花時間與自己溝通。當別人不理解我們時，就沮喪難過甚至生氣對抗，造成更多的誤解與傷痛。儘管有幸讓我們遇到知己，但再好的朋友也不可能隨時隨地在我們身邊，那在知己出現之前，我們需要的力量要從哪來呢？

而我想，如果朋友的一點點傾聽、陪伴與理解，我們就能從中獲得那麼大的力量與滿足，那如果我們成為自己的知己呢？如果我們學會與自己溝通，懂得傾聽與理解，成為自己一直都在的知心好友，那我們是不是就有了二十四小時的陪伴!?

這是日記書寫給我的意外收穫與啟發，重點不是要大家寫日記，而是記得花點時間給自己，雖然這樣想、這樣做不能馬上遇見知己，但一定可以遇見自己。而奇妙的是，當你認識自己時，對的人也就不斷走向你。這讓我更清楚，不論友情或愛情，不是向外尋找或期待別人，而是專心讓自己變成對的人。人生很漫長，生活很辛苦，真心希望每個人都能成為自己一輩子的朋友，擁有這份二十四小時都在身邊的陪伴與力量。

你在跟自己說什麼話

雖然我說我們是自己二十四小時的陪伴，但這個陪伴最後會是力量還是傷害，完全仰賴我們每天跟自己說什麼話。

但我發現大多數的人，通常都跟自己說很糟糕的話，帶給自己全天候的傷害，我自己就是這樣。

從小我什麼都比別人差，住別人家裡總是因為駑鈍、愚笨被嫌棄，三不五時就被打被辱罵，明明我也很努力，希望得到大人的肯定，但怎麼努力也比別人差，大人總說我「顧人怨」，從小被否定到大，常常害怕隨時會被丟掉。我很沮喪，也很氣大人為什麼一直嫌棄我，為什麼不給我一點鼓勵？

這樣的恐懼與不安一直跟著我長大，儘管後來我到台南讀大學，離開那個不斷否定我的理髮廳，但自我否定卻變成我跟自己說話的習慣。每當自己想做什麼，就習慣性地跟自己說：「楊士毅你那麼爛，沒人喜歡你，也沒人會幫你，你不行，你做不到啦！」搞得自己好難過，更自卑更沒信心，連跨出第一步都不敢。

當下我被自己嚇到。曾經我氣大人為什麼這樣對待我，如今我卻這樣對待我自己。我明明渴望得到認同與肯定，卻每天都在否定我自己。我才發現其實對我再壞的人，也不會永遠在我身邊傷害我，但我卻能隨時隨地挫敗我自己，才發現第一次傷害可能因為別人，但對自己二次傷害往往是自己。因為自己抓著傷痛不放，因為自己不斷用別人說話的來罵自己，讓過去可以一直在每次回憶中無限次傷害我們的當下。這完全取決於我怎麼看待自己，每天跟自己說什麼話！

那我每一天要給自己傷害，還是給自己力量呢？

我告訴自己：「楊士毅你長大了，不要再依賴，不要像個乞丐，你希望別人對你說什麼，都要學會為自己說。」我停下來問問自己，如果重新說一次，我們真正需要的是什麼話？

我跟自己說：「楊士毅，我知道你害怕失敗會被嫌棄被丟掉，你不要擔心，大家嫌棄你，我也會跟你在一起，不要在別人打擊我們之前，就否定自己。更何況能力不足還願意繼續努力，你不覺得這樣的自己很棒嗎？我喜歡這樣的你——不要只是關注恐懼——我們看著心裡的渴望，一起努力好嗎？」突然之間不只原本的恐懼得到安頓，我也從理解與鼓勵中獲得動力。我感動地跟自己說：「好。」

我發現只要自己願意，傷害與力量，挫敗與鼓勵，都可以在一段話中瞬間反轉。我們無法阻止別人的否定，但至少停下對自己負面的看待。慢慢地，我改掉對自己說壞話的習慣，我開始說自己需要的話，給自己想要的看待，讓自己成為自己二十四小時的陪伴與力量，而非傷害與挫敗。

跟自己說話，對自己招魂

我們每天都有很多念頭在腦裡產生，我們跟著什麼念頭走，就會產生什麼情緒，也決定了我們會過什麼樣的人生。

麻煩的是，念頭來自我們腦中，卻像無法捉模的鬼魅，反客為主地掌控與支配著我們——一不小心跟著負面的念頭帶走，就只能任由各種痛苦情緒擺佈，不由自主又無法招架，最後甚至走向自己不想要的未來。

我自己一直深受其苦。例如，當事情做不好時，總因慣性自我否定與批判的念頭，最終把我帶到自暴自棄的劇情中。想不到因為寫日記，我意外養成跟自己說話的習慣，最後也演變成一種像是「對自己招魂」，把自己從痛苦念頭與情緒帶出來的能力。這也是為什麼不論說話或書寫，我都自然地喊著自己的名字。

例如，當我事情做不好都很懊惱痛苦了，我慣性的念頭就是「我好爛、我沒用」的自我批判，心情就更難過，當然就很容易自暴自棄。

這時候我就會跟自己說：「楊士毅，回來，不要跟著那個念頭去。我知道你很難過，我秀秀你。」如果還是忍不住跟著負面念頭去，我就繼續說：「楊士毅，回來，乖，回來。失敗都很痛苦了，你罵自己，內心苦上加苦，人就愈來愈無力，就沒有力量去面對問題。我們讓這次的失敗變成下次更好的經驗，這樣才不會白受苦，好不好？楊士毅，回來，我們不要跟著痛苦的念頭去。」

這就是我跟自己說話的方式，因為總是會喊自己名字，像是在把魂魄從如鬼魅般痛苦念頭的手中招喚回來與自己會合的過程，所以有點半開玩笑說是對自己招魂。我一邊安撫自己，把自己從負面念頭招喚回來，一邊說自己需要的話，引導自己往有力量的念頭去。當然不一定每次都能在當下找到有力量的念頭，所以我對自己說的第一句話總是「楊士毅，回來」，讓自己至少不要因陷入痛苦念頭而失去力量，而是讓自己平靜。讓自己冷靜，就有機會找到對自己最好的念頭。

念頭都來自自己腦裡，我怎麼分辨念頭的好壞呢？我的標準很單純，只要那個念頭讓我痛苦，就不要跟著走，如果不小心被帶走，就叫自己回來；相反的，只要感覺到快樂有力量的，就是好念頭，就引導自己跟著去。我在不斷練習中，漸漸可以不被念頭擺佈，慢慢可以自主選擇念頭。

寫日記讓我擁有看見自己念頭的能力，也養成了跟自己說話，對自己招魂的習慣。一開始是因為沒朋友，很孤單只能跟自己聊天，現在看起來反而是種因禍得福，因為沒朋友，所以學會跟自己當朋友，書寫或說話時我常用「我們」——其實不是我與別人，就是我與自己，面對事情時總是會像朋友像夥伴那樣，一起討論商量找出好的方向，也彼此引導勸說不要往不好的地方去。

花點時間，試著練習，讓你與自己有會合的機會，自己與自己不再分開而成為「我們」——隨時隨地都有夥伴有陪伴，可以討論可以商量，不被念頭掌控與干擾，而是彼此攜手成為念頭的主人，一起走向內心渴望的生活。

把自己當成小孩，為了長成強壯的大人

人生在世不可能隨時隨地有家人朋友在身邊，所以照顧自己是生活必備的能力。但很多人會說外部傷口具體好處理，內在傷痛抽象不知怎麼照顧，但我想說我們其實都知道怎麼做，真正的問題是我們對自己沒耐心。

我想問，當你看到嬰兒哭鬧時，你會怎麼做？你會對他說「你都三個月大了，成熟一點不要只會哭」嗎？一定不會。你可能會抱起來哄哄他，如果孩子繼續哭，你就會去觀察他到底怎麼了。是肚子餓？還是尿布濕？你一定會去了解他真正的狀況，才知道怎麼給他適當的對待，也就是該怎麼對症下藥。最後儘管嬰兒不說話，但你還是會知道他需要是餵食，還是要換尿布。

我們的心也像是不會說話的嬰兒。他有想法希望我們聽見，卻無法直接用言語傳遞，只能用情緒表達，讓我們意識到他的存在，並且跟著情緒的線索去看看他的需求。但我們對自己的情緒不是忽略就是壓抑，沒有一絲絲理解，就只是粗暴地逼自己要成熟或者不要想太多。需求沒有被滿足，受傷沒有被照顧，情緒又層層疊疊變得更抽象，直到後來承受不了而崩潰，不知如何是好。最後就會像缺課過多的學生，乾脆直接放棄這堂課，與自己漸行漸遠，內心也越來越虛弱。

其實，我們只要像對待嬰兒那樣，給自己一點耐心與愛心，就能變成強壯健康的大人。

所以當我有情緒時，我通常會問：「楊士毅，你怎麼了？」在耐心感受與觀察理解情緒來源後，哄哄自己也給予自己適當的對待與照顧。例如，當我理解自己因未來而焦慮，我就跟自己說：「我知道你擔心，但未來就在我們每個當下的累積裡。不要擔心未來，我們專注現在，不要慌張，我們一步一步慢慢走。」；當我因怕失敗而不敢往前，我就跟自己說：「我知道你害怕，但這是你的渴望不是嗎？一輩子原地打轉才最恐怖不是嗎？我們不要因害怕眼前的失敗，而錯過自己渴望的未來。走，我們一起往前走。」；當我因受傷而封閉自己，我就跟自己說：「封閉自己可能讓你隔絕一切的傷害，但也會讓我們錯過整個世界的美好。這樣太可惜，太不划算，你難過我秀秀你，我們要把心繼續打開喔。」

這就是我對自己照顧的具體方式。如果你無法把自己當嬰兒，那至少把自己當朋友。朋友難過時，你都願意花兩、三個小時聽他聊心事，安撫心情後，也耐心討論對策——那你也要願意用同等的方式對待自己，不要任憑內心傷痕累累，卻依然對自己置之不理。會用這個例子，一方面是希望給大家信心，一方面是方法本來就不應該比問題複雜。如果連方法都是門檻，那就不是方法而是另一個問題。其實很多事情我們早就都會，不用更多的學習，而是更多地實踐。如果只是學習而不實踐，也要停下來看看自己是否藉由不斷學習，逃避真正該面對的問題。學習很美也很危險，因為你已經夠努力了，沒人會懷疑你。學習一不小心就變成掩人耳目的方式——騙過別人沒關係，難過的是錯過那個一直等著你照顧的自己。

但不論是把自己當嬰兒或朋友都可以，最重要的就是對自己要真心、耐心，有愛心。我是這樣陪伴自己走過成長過程的悲傷與痛苦，也支持自己面對現在各種的難關與挑戰。

寧可被人誤會，也不要誤解自己

被人誤會雖然不舒服，但沒有生活在一起，不舒服也只是一時，但誤解自己的影響或傷害可能就是一輩子，因為我們每一天都跟自己在一起。

就像我一直以為自己喜歡孤單不喜歡跟人往來，但真正的原因是成長過程中被打被罵被看不起，我只是因為內心受傷而變得自卑與封閉，並非不渴望擁有朋友。但因為對自己的誤解，我以為自己不喜歡人，於是寫下了錯誤的腳本，讓自己開始離群索居。更麻煩的是我也錯過要照顧自己受傷自卑的心，每天依然做著錯誤的決定，過著沒有朋友卻假裝喜歡孤單的不快樂生活，舊傷不曾好轉，又不停增添內心的孤苦。

另外，誤解有時候也讓自己無法與自己有良好的關係。例如，小時候住鄉下時，鄰居大哥哥在樹上發現剛出生的雛鳥，他知道我很興奮很想看，就把我頂在他的肩膀上讓我也能看得到。但沒想到我下來時手上帶著一隻小雛鳥，大哥哥很著急地要我放回鳥巢。我說不要，我要養他，大哥哥就直接說，你不會養，你會害死他。我倔強地說，我怎麼會害死他，我要照顧他。

想不到小雛鳥隔天就真的死了。在我難過害怕時，大哥哥出現看到後說：「你看，我就說你會害死他。」然後就生氣地離開，留下我一個人難過自責。我蹲在地上一直哭，覺得自己很殘忍，這讓我討厭自己，連帶覺得自己不值得被別人喜歡。我跟自己關係不好，外在的關係當然也不可能好。

這個誤解一直到後來開始寫日記時，因為有機會停下來再次感受，才回想起當初會把雛鳥帶下來，是看著鳥巢裡的雛鳥一直抬著頭不斷對我張著嘴，覺得他們很可憐好像很需要我一樣，所以才帶了一隻下來。那時我才知道原來自己並不殘忍，反而是充滿愛心，但因為我當時才六、七歲，不懂得怎麼用對的方式去對待。我在日記跟自己說：「我們不是殘忍，只是不夠成熟不知道如何去愛，我們不要再誤解自己，不要在自我批判中不停傷害自己，也不要懷疑自己心中是否有愛。我們要思考與學習的是，如何用成熟的方式去對待我們所愛的人事物。」這個察覺讓我對自己有新的看待，進而開始與別人有比以前良好的關係，也讓我的生活開始有不同的發展與劇情。

我因為寫日記而有機會停下來重新察覺，並且有意識地與自己溝通，否則我應該就會一直做出與內心背道而馳的決定，過著不喜歡自己也很難與人相愛的生活。這個經驗讓我知道誤解自己其實比被人誤會還恐怖，而且對自己的誤解通常不會只有一、兩件事。所以如果對自己有哪裡不喜歡，一定要停下來好好跟自己溝通，讓一切誤會都能化解與一一釋懷。畢竟我們時時刻刻都跟自己生活在一起，我們一定不能跟自己有疙瘩，這樣才能充滿力量結伴同行，一起為內心渴望的生活並肩作戰。

心之海洋

我們都知道「認識自己」很重要，對我的急迫性更是強烈，因為我知道畢業後結束後，就要扛起家裡的一切，但我怎麼用自己喜歡的事情工作賺錢生活？家裡經濟條件又這麼不好，我來得及長大成一個好的創作者，並且用天賦謀生嗎？求學時幾乎過著倒數計時的生活——剩三年、剩兩年，當兵了，剩一年就要進社會了，楊士毅你要趕快長大，讓自己有足夠扛起一切責任的能力。

我學設計，我熱愛美的事物，但我其實沒什麼創意，這讓我擔心又慌張。後來我想如果無法成為有創意的人，那就努力找到自己生命的獨特性。因為我知道創意有高低，可以比較與競爭，但獨特是存在的必然性——我不用跟別人比較，別人也無法與我競爭，我們都有各自不一樣的美，人與人能做的就是彼此分享與欣賞。我相信找到生命的獨特性，是我未來在設計創作領域生存的惟一機會。我希望能在求學時光結束前，能解開這道倒數計時中的題目。

但想要認識自己談何容易，我常常覺得自己的心就如同海洋，而我就像是一條行駛在自己心之海洋的小船。我完全不知道海有多深，海底全貌又是怎樣，我到底要如何認識自己？

我想，如果心是海洋，我是小船，那每天發生在身邊事情不就如同聲納，向我們的內心海洋發射聲波。我們的感覺與情緒就如同聲波抵達海底後反射回傳的訊號，如果我去閱讀去分析，不就能獲得認識自己的資訊？

這時候日記又扮演很重要紀錄與分析工具。每一天我總是問：「外在世界觸動了我什麼？我內心為什麼感動？為什麼哭泣？為什麼開心？每份情緒背後要告訴我什麼事情？」我每天航行在自己的心之海洋上，把每次外在的觸動當成向我的心海發射聲波的聲納系統。藉由日記，我珍惜地收集資訊，在來回反射分析後，我把握求學期間奢侈使用時間，日記書寫往往都是一小時起跳，最長一次甚至寫了九個小時。在長期持續的觀測與收集後，點連成線，線構成面，我漸漸拼湊自己心之海洋的立體樣貌，也發現深藏其中的獨特寶藏。

十年持續的日記與分析，我並沒有在踏入社會前完全解開這道名為「自己」的題目，不同的是我不像以前那樣慌張焦慮。因為我確實更認識自己，更確定自己想做創作，想當一個說故事的人。「沒有完全解開」不再是未知的恐懼，反而變成一種無限可能的期待與感謝。工作後，我幾乎沒時間寫日記，但自覺的習慣已經養成，每天依然持續地觀測與探索。我好奇這座心之海洋有多寬廣，也感謝她蘊藏著無限的獨特寶藏——只要我願意感受，就永不限量地供我擷取，讓我可以扛起責任照顧家庭，也能轉換成作品與大家分享。

內心這座海洋，是每個人與生俱來的寶藏，等著你探索與了解。你不一定要像我一樣寫日記，但一定要花時間給自己。

3

方向，比勇氣重要

生命有趨向美好的本能

生命有趨向美好的本能，為了讓我們變得更好，生命會安排很多需要學習的課題，讓我們在生活中可以來練習。如果我們不學，同樣的課題下一次還是會再來找你。

例如「感恩」就是其中一件事。

從小爛到爆炸的我，成績永遠只能跟其他兩位同學輪流倒數一、二、三名，終於在大學時找到影像創作的天份，攝影除了讓我擁有創作的成就感之外，更是我宣洩成長過程中各種壓抑情緒的出口。大學老師看到我作品覺得好棒，認為我是他教學十幾年看過最有天份的學生，但老師接著跟我說：「只是你的作品充滿憤怒、怨恨。宣洩之後也試著感謝，因為你沒有那些過去，就拍不出這些作品。」

但我沒辦法，爸媽讓我這麼痛苦，我為什麼要感謝他們!?老師說：「你現在沒辦法感謝我可以理解，但你的作品很棒，去參加全國攝影新人獎。」我謝謝老師的鼓勵，去參加比賽竟然真的得獎，我好開心。這是成長過程中難得被肯定的時刻，只是我沒想到主辦單位會問我：「得獎了，你最想感謝的人是誰？」

當下我腦裡第一個浮現的竟然是爸媽，但我又想「爸媽讓我那麼痛苦，作品也是我自己做的，

人一但沒有自由，就像模型飛
機——你有飛機的樣子，但無法
起飛。

在愈黑暗的地方，反而讓人愈是看向光。有時我在想黑暗會不會是另一種天使？鍛鍊感受光明的能力，就像攝影，在光照不足的環境，自然就會提升感光度。

幹嘛感謝他們!?」聽起來很合理吧？因為不舒服，就會有負面情緒，但比較麻煩的是，情緒也常常會讓我們合理所有不合理的行為。因為情緒，很多時候我們應該低頭認錯，卻轉身離開。明明知道要改變調整，卻要頑固對抗，然後造成更多痛苦，累積更多情緒，破壞更多的關係，多年來我基本上都是這樣。

只是我也好奇為什麼「感恩」的課題一直來找我，我想到「生命有趨向美好的本能」這句話。但是為什麼我不想感謝爸媽？我一直以為我不想感謝，是因為放不下憤怒和怨恨。可是當我願意試著冷靜下來思考，我才發現我沒有辦法感謝爸爸媽媽，是因為害怕對我現在的樣子負責任。

為什麼？

寄人籬下被打被罵的成長過程，讓我變得自卑陰沉，在學校時看到人就緊張，看到老師就害怕得發抖，我總是畏畏縮縮坐在教室最後面最角落，大家都不喜歡。只要遇到人際關係的問題，我心裡最直接反應就是「爸媽這都是你們害的，就是因為你們，我才會變成這個樣子！」突然間我看見原來我不想感謝，只是害怕失去可以指責的對象，因為害怕負起改變自己的責任。

想到這裡，我被我自己嚇到。我是年輕人喔？口口聲聲說想要做自己，想要過自己的人生，可是我卻養成推卸責任的習慣，這樣怎麼面對一路上的困難？怎麼走到自己想要的人生？就像現在我遇到挫折和困難，就再習慣性地把責任推卸給三百多公里外無法反駁的父母。爸媽有一天會死，到頭來我不只失去推卸責任的對象，我的樣子會永遠陰沉畏縮，人生一直原地打轉，太恐怖。所以我告訴自己：「楊士毅，過去無法改變，指責爸媽也不會讓自己變好。不論要不要感謝，我們至少要對自己現在的樣子負責任，為了我們的未來，我們讓自己改變。」

我無法馬上感謝，但我試著改變看待過去的方式。寄人籬下是不得已不是故意，爸爸雖然愛賭博但其實很疼我，媽媽雖然嚴厲卻是無怨無悔地撐起整個家——對於爸媽不對的地方我可以生氣，但他們的好我也該公平地看待。更何況在攝影新人獎後我也陸續得了好多獎，我不能在風光得獎時搶著攬功勞，日子過不好就不斷怪過去。老師說的其實沒錯，沒有那些過去，我就不可能拍出許多接二連三不斷獲獎的作品，也不可能以大學生的身份獲得國家文化藝術基金會的個展補助（當時史無前例）。想到這裡，我自然由衷地感謝過去。

就這樣一直改變，直到有一天我心中終於沒有怨也沒有恨，而快樂隨之而來時，我才發現感恩不是為了別人——是為了不讓過去不斷佔領當下，不讓情緒重複折磨自己，是為了讓快樂重回我們的生活裡。

改變是接二連三的連鎖反應。因為「感恩」的課題，我停下來思考，看穿自己腦袋的運作，暫停情緒的慣性，對過去公平客觀地看待，對自己現在的樣子負責任，也跟爸媽有了不一樣的關係。

生命有趨向美好的本能，該學的不學，下次還是會遇到。不是生命故意要為難我們，是生命不捨得我們在同樣的心境受苦。人的一生要學的很多，「感恩」只是其中一件事——學習的過程雖然不一定輕鬆，但我想既然早晚都要學，何不現在就開始，讓自己可以盡快擺脫痛苦，儘早享受生命的美好與光亮。

花一百八十萬牽爸爸的手

生活中很多幸福是沒有門檻的，就像我們常聽到的「愛很簡單」，但麻煩是我們的腦袋很複雜，讓簡單的事情最後變得遙不可及。這樣的故事就發生在我自己身上。

我曾拍了一部三十五釐米的電影短片給爸爸，故事大綱是：

爸爸的手指頭少了一截，我常常好奇爸爸的靈魂會不會因此缺少了一塊，那塊手指頭的靈魂會不會已經先到某個地方，等著爸爸全部的靈魂去會合？我從爸爸的各種工作推想著他失去手指頭的原因——爸爸最後一份工作是水泥工，有一天他從鷹架上掉下來——看著病床上的爸爸，我想著自我有記憶以來好像就沒牽過爸爸的手，我應該趁著爸爸全部的靈魂去跟手指頭的靈魂會合之前，再學會牽爸爸的手。

片名「爸爸的手指頭」，片長十五分鐘，耗時一年，拍攝團隊約六十人，花費一百八十萬。電影拍完後也入圍金馬獎及一些國際影展，雖有一百萬的國片輔導金補助，但最後因為超支又造成負債，只為了跟爸爸說我想牽他的手。

這聽起來好像很感人，但冷靜想一下，爸爸就在家裡，隨時都可以走到他身邊，要牽爸爸的手需要花一百八十萬拍電影嗎？當然是不用。

為什麼我大費周章創造一個虛擬的電影場景來拍攝家裡的故事，要求演員演出親情的溫暖，卻不願直接走回具體存在的家庭，走向那雙我想牽起的手？

其實生活最根本的幸福是沒有門檻的，門檻往往是自己複雜的腦袋。如果真心想牽爸爸的手直接走過去就好了，更何況那是我運氣好，爸爸沒有在我拍攝的那一年離開人世。否則儘管後來我入圍金馬獎，沒有真的走到爸爸身邊牽起他的手，那這一切看起來美好感人的努力過程，反而變得虛偽好笑，最後一點意義也沒有。

所以拍完電影後最大的體悟是，要注意自己複雜的腦袋——如果一件事情嘴巴一直說，卻遲遲沒行動，那就要停下來看看自己是否真心。

就像我說要牽爸爸的手，真的在意就趕快過去。不是真心就不用表現得很在意，或把事情變得很困難，再用自己努力的樣子來掩飾自己的逃避與偽裝，這樣實在太勞心傷神，還不如誠實以對——電影其實比牽爸爸的手重要——然後專心拍電影。不要利用爸爸把拍電影這件事情講得很了不起，也不用在別人眼前演一齣自己在意親情的劇碼。人一旦要演戲，就要擔心被拆穿，搞得自己疲累，別人也防備，生活就無法安心自在，其實很不值得。

在那次經驗後我跟自己說：「對自己誠實，是為了找到內心真實的方向，才不會在不對的地方浪費資源，而是集中火力早點抵達渴望的未來；對自己誠實，是為了看見自己真心想成為的樣子，才不會讓生命在裝模作樣中流失；對自己誠實，才能看見愛很簡單，最根本的幸福其實沒有門檻。」

創作其實很危險，因為它太美，會讓你以為自己完成了什麼，而忘了真實生活中沒被完成的事情。生命中渴望的美好關係，就要在生活中完成，而非在創作中發生。

沒有路，就學習自己開路

決心，是匱乏環境中給我最好的禮物。

家裡經濟一直很糟糕，所以我總是覺得，如果無法為家裡帶回資源，至少不要成為家庭的負擔，所以從大學找到藝術創作的天賦後，在老師的鼓勵下我不斷參加比賽，開始靠獎金過生活。一直到研究所八年間，我以攝影、劇本、版畫、廣告及電影獲得了國內外近一百個獎項。研究所拍攝的短片甚至拿過國片輔導金，入圍金馬獎、台北電影節、東京國際影展、柏林國際短片影展。

這雖然讓我在讀書時沒有成為家裡的負擔，但這樣還不夠，出社會之後更須要支撐家中經濟也處理負債。我很清楚，學生時代得過多少獎，都只是學生跟學生間的遊戲，不代表我有能力面對業界真槍實彈的現場。我沒有本錢沉溺在之前擁有的成績，也相信自己不止如此，不該因過去的風光停留而耽誤繼續前進的時間。

所以我很少提到自己獲獎的事情，因為出社會前我告訴自己：「楊士毅，過去的榮耀無法幫你解決今天的問題。而如果你今天可以做得比昨天還要好，那過去的榮耀也不值得一提，更何況沒有人有義務浪費時間聽你炫耀。不要回頭看，你沒有回頭路，你只能往前走讓自己每一天比昨天更好，你只有這條路，你要相信，也必然要做到。」

這聽起來好像有點無奈，但這也可能是另一種幸福。我沒人脈、沒背景、沒資源，所以我不需要浪費時間左顧右盼，或者坐在地上耍賴，因為不會有後援，也不會有人幫忙。無助到徹底之後，反而是覺悟與決心的開始，讓我全心全意，集中火力，不再分心期待，也不再依賴。我惟一能做的就是把目光看向自己生命，堅定挖掘內在獨特的寶藏，激發出想像不到的潛能，開創出屬於自己的道路。最後終於讓我走到自己想像不到的未來，不只跟許多國際品牌合作，更重要是照顧了家庭，成為媽媽的肩膀。

沒有後路，是我的辛苦，是我無法選擇的處境。但我利用它學會堅定，學會開路，也就變成我的幸福。

今天，永遠是最早的時候

我常常因為學習遲鈍或者起步比別人緩慢而焦慮，甚至會就此放棄沒有任何行動。如果你們也跟我有同樣的狀態，我想問你們一個問題。

因為拍電影入圍許多國際影展而開始接觸許多外國朋友，原本不覺得英文有用的我，為了想跟外國朋友交談分享故事，我在快三十歲時才第一次想學英文。我想問，你們覺得我在三十歲才開始學英文，會不會太晚？

我想大部分的人一定會跟我說：「不會，不晚。」因為我們心裡其實都知道，今天都覺得慢，明天怎麼會覺得早？

所以每當我因起步比人晚而焦慮時，我總會這樣跟自己說：「楊士毅，雖然我們比別人晚，可是再也沒有比今天更早的時候。我們今天不行動，明天不會變得更從容，原地不動只會累積更多的焦慮。」而當我又忍不住跟別人比較時，我就跟自己說：「我們要擔心的不是距離別人有多遠，而是自己有沒有每天在前進。現在看起來不夠好，是因為我們還在路上。不要用現在的樣子來斷定自己未來的模樣，只要我們今天跟昨天不一樣，我們都要跟自己說一聲，你很棒。」

我就是這樣跟自己說話，所以只要是我真心渴望的方向，再慢都會讓自己開始，再爛也能讓自己往前走。我的英文就這樣一天一天進步，我對自己的信心與喜歡，也隨著行動一天一天增加。

所以在如果你自己想要做什麼、學什麼，卻覺得太晚出發而慌張時，你也要像我鼓勵自己學英文的時候一樣，這麼篤定地跟自己說：「不會，不晚，因為今天永遠是最早的時候——今天永遠比明天還要早。我們不用為了比誰慢而擔心，因為人生到最後真實的滿足，不會是因為我們追上多少人，而是我們最後是否更靠近自己，是否走向自己喜歡的樣子。」

爛爛的沒有關係，走著走著就會變厲害

我想讓大家知道我英文有多爛，更想讓大家知道爛爛的沒有關係——爛爛的還是可以往前走。因為拍電影入圍一些國際影展後，開始有了外國朋友。以下是我用爛爛的英文跟一位特別要好的外國朋友對話的片段。

我：「Before I know you, I hate English, because English is punish, one word wrong one punish. I hate English, no use.」以前念書時錯一個單字就用熱熔條打一下，我覺得英文沒有用又害我被老師打，實在很討厭。但我緊接著跟外國朋友說：「But now I like English, because I want share to you, because I want be your friend.」雖然我英文很爛，但我不想錯過眼前可以變成好朋友的外國人，所以開口講英文，這就是渴望的力量——心中的渴望總能帶著我們自然地穿越原本害怕的事情。

這麼爛的英文，我們一聊就兩三個小時。我們分享生活，分享想法，分享故事，常常欲罷不能聊到凌晨。外國朋友感動地問我：「為什麼我們兩個完全不同國家、不同成長背景的人，可以這麼靠近、這麼契合？」

是啊，為什麼人與人可以契合？我想大家一定都知道答案。但我到底要怎麼用有限的單字跟外國朋友表達呢？後來我想了想就跟他說：「Because outside we are different, but inside we are same, my heart as your heart.」我們外面不一樣，但裡面都一樣。我們只是包裝不一樣，但我們內心深處其實都一樣。

後來我們成為要好的朋友，他回到美國還寫信來跟我說：「I always remember you say "my heart as your heart." I love you, I miss you.」同時他也問我好不好，我跟他說：「I am fine, but my English not good, because you are not here, nobody speak English to me, love you, I miss you.」我都好，但英文不好，因為沒人跟我說英文。我愛你，我想你。

英文這麼爛，講起來其實感覺很丟臉，但是很丟臉還是要說。因為我知道有件事比丟臉還要恐怖，那叫遺憾。我們太常因為怕丟臉，該說話的時候不表達，該行動的時候沒有作為，事情過了、人走了，就留下遺憾。所以我這麼爛還願意說不是因為我有多勇敢，而是我清楚自己要的是什麼，因為我不想錯過眼前可以成為好朋友的外國人。所以，我常常覺得人需要的不是勇氣，是方向，是渴望。

這是我的爛英文，除了讓大家看見渴望與方向的力量之外，更想跟你說，如果你生命中也有很爛很匱乏的時候不要擔心。希望我的爛英文讓你記得，爛爛的沒有關係，爛爛的還是可以往前走。我們不是因為很厲害才往前走，而是因為跟著心中的渴望一直往前走，走著走著才變厲害。

匱乏的時候才發現，有些力量是誰也拿不走

匱乏的環境雖然讓人很痛苦，但也因為什麼都沒有的環境，反而訓練出創意思考的能力——更重要的是看見我們的心，是誰也拿不走的力量。

這概念聽起來有點抽象，但我想我能用爛英文跟外國朋友溝通，甚至傳遞內心深處的情感與相法，就是最具體的例子。

明明我的英文很爛，但外國朋友卻很喜歡跟我聊天。一、兩個小時的對話過程中，我大概有半小時在說「please say again」但外國朋友不只不介意，因為他是一個詩人，所以還很好奇為什麼我使用的每個英文單字都很有力量，而且總是觸動他的心？

我就跟他說：「Because I just have a little word, so I use every word I need very focus and carefully.」我補充說我專注、小心不是因為害怕，而是因為在意——我希望用僅有的單字儘可能將訊息精準傳遞給你。外國朋友滿臉驚訝地看著我，我接著說：「But it not enough, I need put my heart in every word support me.」專注、小心也還不夠，我必須在每個單字投注的我的心，以確保自己的情感能被傳遞。

外國朋友聽完後終於明白為什麼自己會感動。我接著跟他說我英文不好，謝謝你總是願意耐

心聽我說，想不到他反而也想跟我說謝謝，他說：「Your English not good but you teach me how to write poetry, thank you.」因為我讓寫詩的他明白什麼是「less is more」，更感受到豐富不是因為擁有多少，而是我們對事物有多珍惜，對人用了多少真心。

我們基本上活在非常揮霍的年代，因為我們擁有的太多就忘了感受，於是變得揮霍。我們不要講財富，來講語言好了。我們在熟悉的語言中擁有豐富的單字量，但因為我們不去感受，也不去在意溝通的對象，本來應該用來交流或創造幸福的工具——卻因為不感受，每個單字不經過腦袋也不投注關心——反而變成傷害彼此的武器，帶來許多懊惱和悔恨，最後失去許多原本美好的關係。

匱乏環境讓人很辛苦，如果有得選我一定希望富足。但因為環境沒得選，所以我就選擇利用環境。我學會用將有限資源發揮最大作用，所以能用數量稀少的單字傳遞內心龐大的情感。這是創意思考或者人們所說的「四兩撥千斤」的能力，更重要的是我懂得對所有事情用心、真心、珍惜與在意。最後我在最匱乏的環境中，收穫了最豐富學習與能力，更看見我們與身俱來而且誰也拿不走的力量，也就是我們的「心」。

成為自己該有的樣子，就是對世界最好的幫助

大自然給我很多感動與啟發，我常常覺得自己少遇見一朵花或一棵樹，我的生命可能就不是這個樣子。

我曾在雲南的香格里拉遇見一朵花。那是微微下雪的冬天，大地蒼白蕭瑟得看起來好像沒有生機，那時我因對人生迷惘而參加雲門舞集的「流浪者計畫」流浪到香格里拉。我一個人在高原山脈中漫無目地遊走，就像我當時人生的處境——我在動，但像行屍走肉。我在走，但不知走向何處。沒有停下腳步，不是因為有方向，只是因為焦慮因為害怕，好像只要停下來就會被社會淘汰。就在那時候我遇見了那朵花，一朵在無人山谷裡獨自綻放的花，看著她的安靜、她的美麗，當下心裡好感動。

我走過去跟她說：「為什麼沒有人看見妳，妳還是要開花？妳不會因為有人來就急著開，也不會因為沒人看就不開了。為什麼沒人鼓勵妳，妳還是照著自己的節奏在成長？不像我，總是沒自信，沒人鼓勵就失去動力，沒有掌聲就不想前進。不然就是焦慮地跟著大家奔跑，卻不知道自己人生真正的目標；更重要的是，為什麼沒有人教育妳、教導妳，妳就知道自己該長成一朵怎樣的花，妳怎麼知道妳誰？我好羨慕妳，我好想跟妳一樣！」

這朵偶然相遇的花，就這樣安定我迷惘而慌張的心，也讓我停下焦慮的腳步獲得了沉澱與思考的時刻。當然我不會在那瞬間找到目標或者知道自己是誰，但她在無人山谷中安靜而專注成長的樣子，至少讓我知道我無法在慌張中看清楚方向，也無法在別人的目光中找到自己。我必須停止在焦慮中盲目奔跑，反正沒有方向跑得再快也只是原地打轉。我必須停下追求別人認同的習慣，專注尋找自己內心真實的渴望——那個不管有沒有人看見，我都願意繼續往前走的渴望。

這朵花是為我而開的嗎？是為了幫助我而綻放嗎？當然不是。她只是為了成為自己該有的樣子，而我只是在她綻放時偶然經過，卻得到一份力量強大的幫助與意想不到的啟發。我想每個人成長為自己生命該有的模樣，就是對這個世界最好的幫助。我們不用為了成為誰的意義而有不必要的壓力，只要專注成長綻放生命，也許當有人路過我們身邊，也能帶走一點點力量。

這就是為什麼我會說，我少遇見一朵花或一棵樹，我的生命可能就不是這樣，這是大自然給我的感動，也影響著我創作的態度。我總是毫無保留，專注投入，因為我把每一次的創作，當成在我們土地上種花的機會——希望當大家偶然與我的作品相遇，也能給你一點陪伴，一點力量，就像我在香格里拉遇見了一朵花那樣。

一顆種子的決定

我說過我少遇見一朵花或一棵樹，人生可能就不是這樣，這次的故事是一棵樹。

讀書時我常常覺得自己怎麼努力都比別人爛，看不到未來也感覺不到希望。我懷疑自己是否能扛起家裡的一切，也埋怨為什麼出生在這樣的家庭？為什麼要面對這樣的命運？我不想再努力了。當我想著乾脆就這樣放棄自己時——也許是每次低落總會去找大自然的習慣——突然好想去看看神木。

我就騎了五個小時的機車到拉拉山，我從沒去過，只是聽說那邊有神木就跑去了。當時完全沒有預期到會是這麼壯觀的神木群——看到他們在雲霧繚繞的山中，在一個永遠不再能移動的地點上堅定成長的樣子我好激動，又看到說明牌上的樹齡都是一千多、兩千多歲，我忍不住對著神木大聲說：「你們怎麼辦到的，你們都一、兩千歲了，這一、兩千年來你們是怎麼走過來的？我年紀輕輕才二十幾歲，遇到挫折跟困難就想放棄自己，現在你們都已經兩三千歲了，還這麼認真專注地活著。」我仰望著神木邊說邊掉淚，覺得好慚愧，也好感動。

我覺得每一顆種子變成一棵樹都是很勇敢的決定。因為當他們還是種子時，可以藉由各式各樣的方式去旅行、去流浪、去探險，有翅膀的就跟著風，會游泳的就順著水，再不然利用刺勾依附在動物身上也能到處去。他們好像有很多選擇，可是當他們變成一棵樹以後，就永遠在一個定點無法再移動。一個決定之後，就是百年、千年的實踐，那份堅定專注讓我好感動。

我抱著眼前的神木說：「曾經是種子的你，落地後就不再三心二意。不論在平地或坡地，不會去羨慕別顆種子的生出與位置。不管千年來遇過多少風雨雷擊，也沒有放棄的念頭，就是一心一意專注地成長。謝謝你讓我看見這樣的你，我也想跟你一樣。」那天在拉拉山裡，在神木群中，我自己也像是一顆小小的種子。我在心裡做了一個決定：「楊士毅，我們不要再抱怨了，也不要再自暴自棄了，這不會改變任何事情，只會削弱自己的信心。我們要像神木那樣，把全部時間與力量拿來面對自己的命運，用命運安排的辛苦把自己培養一個堅定美麗的生命，一個我們自己都會喜歡的樣子。」

這是大自然給我的感動，他們無法選擇出生環境卻不會放棄成長，他們的生命狀態給人療癒也給人力量。分享自己與自然相遇的故事，是因為我知道在生活中遇見辛苦時，不一定隨時有人在身邊，但大自然是生活中最容易相遇的美好。只要讓自己擁有一顆可以被大自然感動的心，就能在生活隨時隨地擁有一份幸福的力量與陪伴——在想放棄的時候，也許也能讓自己有不同的決定。這是大自然給我啟發，讓我像一顆決定自己成為大樹的種子，不論環境如何，都要讓自己全心全意地長大。大自然是我們生活另一個沒有門檻的幸福，希望每個人都能有擁有一顆可以被大自然感動的心，讓這些一直在身邊的美好可以隨時帶給你力量、療癒與陪伴。

成為美好事物的管道與翻譯人員

從小自卑又沒有朋友，走進人群格格不入，去到哪裡都討人厭，所以每次孤單難過時我總會跑去坐在樹下。大樹不會趕我走，在他張開的樹冠下坐著，好像被呵護。地上的小花小草也不會嘲笑我，他們對我沒有嫌棄也沒有討厭。在他們身邊總是感到被愛、被接受也被陪伴，難過孤單的心情也被安撫，當然還包含被他們的啟發與激勵——對於大自然我總是充滿感動與感謝。

這也是為什麼後來不論是在說故事或創作時，我總是喜歡跟大家分享大自然的美好與感動，因為這是隨處可遇的力量。一朵花不會遠離你，一棵樹也不會抗拒你，只要你來他就在那裡。大自然總是用溫暖親切的方式在對我們說話，所有美好訊息不是只給我一人，而是毫無分別也沒有保留地釋放給每一個人。但也許大家太匆忙，不一定每個人都能聽到，而我能感受到，體會到，就像我在香格里拉遇見的花，在拉拉山遇見的神木。我就希望自己能把這些感動與啟發，轉換與翻譯成大家能接受到語言或形式，不論什麼媒材，只要能傳遞感動帶給大家力量都可以。

但這其實不是這麼容易。

記得在剛拿到機車駕照時，我趁著大人不注意時，一個人就騎著車朝陽明山騎去。二十多年前沒導航，路怎麼走我不知道，我就只是看著陽明山的方向，一直找路一直騎。終於我來到陽明山腳下，我好開心，也體會到在生活中，方向確定，路就會出現。我興奮地加緊油門隨著山路衝進陽明山的環抱，當時是春天，整座山都是雲霧，我覺得自己就在雲裡，好美好美。我大力呼吸想把雲的自由自在藉由呼吸成為自己的一部分，我身在雲霧繚繞的山裡被美震撼，整個心中被感動充滿。我感覺自己的胸口好像快爆炸，我又感動又感謝但也因為沒有出口而感到痛苦。我一個人在山裡的雲霧中對著陽明山說：「你給我這麼多感動要做什麼？我快受不了，你給我一個出口好嗎？要不然你利用我嘛！你啟發我嘛！讓我成為一個管道，讓我把你給我的感動分享出去給更多人好嗎？」

因為這樣的祈求，因為這樣的承諾，我想這世界或大自然給我的美好都是毫無保留。我真心希望自己是一個好的管道，不要因為我的傳遞而有太多折損——想不到這也成為我放下自我，放下恐懼走進人群的開始。因為防備，恐懼、封閉必然會充滿雜質形成阻礙，無法成為訊息暢通的管道。

為了成為管道，我說故事，但也聽故事的話——他要我用什麼媒材表達，我就盡量去學習。因為我知道重要是傳遞訊息，而不是為了安全感堅持本位，所以才一下寫字、攝影、電影，一下又剪紙、畫畫、裝置藝術。不是我愛玩，只是因為每個故事與訊息有他想說話的方式。

這二十年我就像一個聽話的小孩，故事要我怎麼做就去做，害怕人群也要往前走，充滿恐懼也繼續分享，想不到說故事也成為我通透內在障礙的過程。為了服務故事，我脫離自我的制約，內心變得更自由，創作媒材也變得豐富與寬廣。

為了服務故事，我恐懼也要走入人群；說話時，時時檢視自己是真心在傳遞感動，或者在證明自己；發出聲音是因為沒安全感，還是真心分享感動；創作時，我是堅持自己習慣的方式，還是願意放下自我，配合故事想用來說話的媒材與方式。這麼多年故事彷彿一個帶領著我的師父，不斷在幫我排除性格的障礙，也不斷通透我內心的雜質。慢慢地世界給我的感動，更可以毫不折損地去大家生活中，我也為了把故事說好，不斷脫離自我的制約，內心變得更自由，創作媒材也變得豐富與寬廣。

一棵神木最讓我感動的，不是
他現在有多巨大宏偉，而是當
他還是一顆種子時，不會因為
渺小而覺得自己毫無意義或者
放棄成長。

不阻礙，有時就是最好的幫助

人都有一種幫助別人的本能。這聽起來很美好，但本能的背後也可能是擔心自己沒有存在價值的恐懼，反而帶給自己壓力，也讓別人困擾。

因為只要參雜著恐懼，所謂幫助，也只是藉由付出來擺脫恐懼的方式。看似良善的作為，都可能變成別人的負擔。而當別人不接受你的好意又覺得沮喪，到後來搞得又累又挫敗，最後不旦沒幫助到別人，反而可能先壓垮自己。

我就曾經是這樣，自己跟身邊的人都受苦，許多關係都難以持續。想不到在熱帶雨林旅行時遇見了一種植物，它給了我啟發，也給了我解方。

那個植物的葉面上有很多破洞，就像剪紙作品鏤空的效果，美麗的造型馬上吸引我注意。一開始我以為那是被蟲咬出來的，解說員跟我說明那不是被蟲咬，是因為在雨林中，許多喬木大樹覆蓋天空，陽光競爭很激烈。而生長在底層的植物們，更難被陽光照射，所以自然演化成充滿破洞的葉子——讓陽光有機會穿透，照射到下面的葉子——它的名字叫「窗孔龜背芋」。

當時我聽到好驚訝，每一片葉子都在為另一片葉子著想，所以它鏤空自己，讓光穿透。在競爭激烈的生存環境中，自己雖然不一定有能力帶來光，但其實不障礙別人的光，就是對身邊的人最大的幫助。

這份相遇，讓我知道，我們可以善良，但不須要給自己太大的壓力，更重要是的提醒自己要有意識，要有自覺。如果幫助是出自於焦慮，就先照顧自己，不用急著走向別人，不用因此覺得自己沒有價值，不是一定要成為誰的意義或者誰的光，你的存在才算數。因為其實照顧自己、對自己善良、讓自己健康、不要成為別人的困擾、不阻礙美好事物的來臨，就是給這個世界最好的幫助，就值得你喜歡自己，也為自己感動。

我們需要的不是勇氣，是方向

很多人覺得改變需要勇氣，但我一直覺得不改變才真的需要勇氣。我只要想到我要一輩子原地打轉，或者在同一個狀態或習性漩渦中，不斷遭受同樣的痛苦就覺得好恐怖。我改變其實是因為我實在太害怕。

所以，我很少談勇氣，也不太鼓勵別人要勇敢，而是停下來好好想一想自己的渴望與方向。因為讓我跨出改變第一步的，通常不是來自勇氣的驅動，而是對未來的想像。就以我當初參加雲門舞集舉辦的「流浪者計畫」去陝西學剪紙來說好了，我去流浪是因為我一直被自己封閉、自卑、依賴的狀態給控制，覺得好不自由，我希望可以突破這些障礙。

到雲門面試時，我膽小害怕的個性根本逃不過老師的法眼，林懷民老師看我怯弱的樣子就直接說：「你看起來很膽小很依賴，一個人出國會不會害怕，會不會哭！」被看穿的我小心翼翼地說：「會。」老師聽到後更嚴肅地說：「這麼害怕，幹嘛還要去？」看老師好像有點不開心，我覺得可能是沒機會了。但我想著參加流浪者計畫的初衷是希望自己有所改變，而不是為了一趟旅程——不論通過與否，面對自己就是改變的第一步。我穩定心情後說：「老師，就是因為害怕我才要去，我不希望每當自己要做什麼時，想到的都是擔心顧慮跟害怕。我不喜歡這樣的自己，我更不想一輩子被恐懼掌控。惟有到害怕的地方，在恐懼的處境中，我才有機會學習不害怕。」

最後我通過了面試，在二十七歲第一次一個人出國去流浪。但重點不是計劃通過，而是想跟大家分享，害怕沒有關係，害怕還是可以往前走。往前走不是因為無所畏懼，而是渴望大過於恐懼。

我想很多人在生活中不是不想努力，只是不知道要為了什麼而努力。不往前走不一定是懦弱或者不勇敢，也許只是真的需要時間停下來想一想內心的方向。而「勇氣」這個詞給人太大的刺激，「懦弱」又給人沉重的罪惡感，所以我比較少強調勇氣——因為勇氣的相反是懦弱——這些過於刺激或沈重的字彙，常常讓人變得著急或者忘了思考，而沒有清楚方向的行動往往很危險。所謂的勇敢可能是莽撞，或者只是情緒激動時的一時之勇，往往會帶來更多問題，甚至造成更多挫敗，讓人失去下一次努力的信心與動力。

這就是為什麼我覺得，人需要的不是勇氣，是方向。清楚方向，比成為勇敢的人更重要；明白自己，比別人如何看待更要緊。我們聽別人意見的同時，更重要的是一定要向內心尋找也給自己時間思考，找到那個誰也擋不住你前進的渴望。也許有一天你在別人眼中充滿勇氣，但其實你知道那只是因為自己清楚方向——知道自己心中最重要的事情是什麼，所以儘管害怕也願意堅定向前。

負責任的孩子
來自負責任的大人

我會成為一個懂得對自己負責的人，媽媽的影響很大。

參加雲門舞集「流浪者計畫」是我第一次一個人出國。可能是林懷民老師計畫名稱取得太恐怖，媽媽看到「流浪」兩個字就覺得不是在荒郊野外就是露宿街頭，想了就很擔心很害怕，送我到機場時竟然掉眼淚。我跟媽媽說：「媽媽，不好意思，我讓妳煩惱。」想不到媽媽卻跟我說：「煩惱是我的事，跟你沒關係，你要走的路就繼續走，我要哭你不要管。」然後自己一邊哭一邊揮手要我趕快上飛機。

我知道媽媽的意思是，煩惱是她自己看不開、放不下，這是她的責任，不是我的問題。不要為她的擔心停留，而是全心全意對自己選擇的方向負責。當時我就覺得媽媽好帥，我也想跟媽媽一樣。

另外，我兵役快結束前大學老師就打電話來要我去台南教書，所以我退伍隔天就要馬上離開三重去台南。我跟媽媽說：「媽媽，不好意思，我一退伍就馬上要去南部工作。」媽媽聽了就跟我說：「楊士毅你趁年輕快去飛，媽媽生病的時候知道回來就好。你不要煩惱，放心去飛，放心才飛得好。」當時我聽了感動地跟媽媽說：「媽媽謝謝妳讓我那麼放心。」

這對話聽起來很怪，因為通常都是大人要孩子讓他們放心，但大人總是忘記關係是雙方的，努力也要雙向的。大人不能因為自己擔心焦慮而把孩子抓緊緊，卻忘了大人自己也有責任要做到讓孩子放心。

這是媽媽用她給我的教育，誠實面對自己的問題，全然負起自己的責任——不能讓自己的問題，阻礙身邊的人前進。看到媽媽都做到這麼徹底，在生活中只要該是我的責任，我當然也不會有第二句話。對自己負責也漸漸成為我的習慣，在我的身上也開始慢慢有媽媽的樣子。

這樣的成長經驗讓我知道，如果我們的社會有更多負責任的大人，一定就會有更多負責任的孩子。大人在期待孩子之前，要先期待自己，因為大人的樣子，就是孩子的樣子。

沒人看見也要往前走

自卑是我一個很大的問題，我以為獲得別人認同就會有自信。找到創作天賦後，我不是跟人談藝術就是在參加比賽。

第一次得獎時我好開心，但依然沒有自信。我想一個不夠就繼續比，得了十個獎，自卑還是如影隨形。我想可能還得太少，我就繼續競爭——二十個、五十個、七十個，從大學到研究所八年期間累積了近一百個獎項。然後我獲得「雲門流浪者計畫」時流浪到西藏大昭寺時，才發現一切徒勞無功。

大昭寺是藏人一生至少要去朝聖一次的地方，他們以磕長頭的方式徒步跪拜到拉薩，許多人獨自走上千里花上數年。如此了不起的壯舉，終於來到大昭寺時，沒有人特地迎接，也沒人掌聲。他們全身髒兮兮，臉上污垢好幾層，可是眼神卻散發光芒，樣子滿足又喜悅，有著我沒有的平靜與堅定。因為他們看著自己內心，一路完成自己，而我看著別人的眼睛，迎合討好，期待被喜歡。

在那裡沒人談創作，也沒人在意我得了多少獎。沒有藝術他們依然內心滿足而目光篤定；我無法藉由藝術被喜歡，我發現自己建構的一切根本不堪一擊。那些認同藉由競爭而來，也會因為競爭而離開，得獎開心只有瞬間，接著就是擔心下次沒得獎怎麼辦。沒得獎也見不得別人好，內心失落又嫉妒，每天都在患得患失的痛苦循環裡。這麼多年來我沒有因為得獎而更有自信，反而變成一個在自卑不安中不斷競爭，然後走到舞台上用風光樣子乞求掌聲的高級乞丐。

這讓我在大昭寺廣場崩潰大哭，但也讓我如夢初醒。我知道再去得一百個獎也沒用，追求認同就像嗎啡，會上癮會依賴，劑量會愈用愈重。自卑的狀態在這樣的系統中，只會被短暫麻木鎮定，無法被免除反而更加劇。我看著朝聖者篤定的目光，我想人會自卑真的原因不是別人的不認同，而是對自己的不明白。我必須找到那個沒人鼓勵也能一生堅定的方向。

流浪者計畫結束回到台灣後，我不知道何時能找到真正的方向，何時能免除自卑的狀態，但至少不能再強化向外追求認同的習慣。我就像戒毒那樣，大概有七年的時間，我只創作但不發表。這是一種不依賴的練習，也是對自己內心與自己方向的確認。每天我都問：「楊士毅，沒有人看見你，你願不願意繼續往前走？」如果我依然願意，那應該就是對的路。畢竟自信不是長成別人眼中的樣子，而是長成自己生命獨特的樣貌。

朋友聽到都會說：「七年，也太長了」，但我覺得很值得。我免除了自卑的惶恐以及見不得別人好的嫉妒之苦，還獲得平靜滿足與自信，也能用自己喜歡而獨特的樣貌生活與工作。七年的時間能換來一輩子的幸福，真的很值得也很划算。

對自己誠實，是為了指引自己

我們不用對每個人坦承，但一定要對自己誠實。因為誠實是內心的探照燈，讓我們在迷失迷惘時看清楚自己，也在面對抉擇時成為生命的指引。

成長的痛苦，讓我一直封閉在黑暗的世界中。我一直希望能找到出口走出來，終於在大學接觸創作後，讓藝術成為我探索自己、宣洩心情也走向出口的方式。創作時，藏在內心的痛苦，變成具體的作品，讓我清楚自己的傷，也知道要照顧自己的痛。我的內心漸漸在藝術創作中被療癒，而這些走向出口的足跡則成為無數作品，讓我從大學到研究間得近百個獎項與數百萬的獎金，也讓自卑的我獲得認同感與安全感，卻也讓我沉溺迷失在其中——當我藉由藝術創作一步一步終於走到出口之前，我卻開始害怕，站在出口不敢再往前。

我害怕走出去後沒了苦悶哀愁，別人會不會覺得我的作品沒有深度？我害怕變得幸福就再也無法創作痛苦、深沉，讓我獲獎無數甚至進入殿堂美術館的作品，然後我就失去現在的認同與掌聲了，怎麼辦!?

所以我攝影常出現門口或窗口，因為門窗就是兩個世界的交界之處。我站在出口，在這內心黑暗與光明的交界之處，我知道往前走一步世界就會不一樣，但黑暗中的各種好處讓我好想回頭。我

出口一直都在，有時要問的不
是出口在哪裡，而是我們為什
麼背對著出口。

只好跟自己說：「楊士毅，接觸藝術是為了出口，出口的目的是為了走出去，而不是停留在原地。我們好不容易從黑暗深處努力十年走到這裡，如果藝術只能沉溺在痛苦，那我們不要這種藝術了，我們選擇幸福好嗎？」

當我依然猶豫不敢走出去時，我才發現我害怕失去認同，但更害怕的是，為現在的自己負責。我害怕放下傷痛之後，在生活中關係出問題時，我不能再像以前那樣說「我過去就那樣，所以現在變這樣，你們要我怎麼樣！」這種討人同情也把責任推卸給過去的話。

我告訴自己：「楊士毅，巴著過去不放，你自己內心被過去重複折磨，身邊的人也無辜受苦，也因推卸責任的習慣使得關係無法長久，而讓別人即使同情你也無法給予真正的感情。我們不要再為了短暫的好處長期受苦，然後又無法擁有真實的幸福，我們走出去好嗎？」

努力了十年，我終於讓自己走出來。當時沒想到我一直在黑暗之中渴望幸福光明的生活，最後到了出口，才發現人會害怕幸福——因為黑暗有太多的好處。若不是因為不斷對自己誠實也與自己對話，在抉擇之時我恐怕不是會走了岔路，就是會走上回頭路。所以誠實，不是為了別人也不是為了美德，是為了讓自己在人生路上一路清楚，是為了指引自己，一路平安走向幸福的人生。

痛苦發生在過去，但二次傷害往往來自抓著過去不放的自己。

4

工作，是通往世界的管道

旅行不在遠方，而在無所遁逃的地方

雲門舞集的流浪者計畫是我剪紙的開始，也是我生命的轉折。

一開始接觸的創作其實是攝影，因為成長的痛苦與悲傷，影像呈現的都是內心的憤怒、怨恨與不滿，所以有一天看到剪花娘子庫淑蘭充滿溫暖喜悅與祝福的剪紙作品，整個人被吸引。覺得我們明明都從事同樣的工作——藝術創作，為什麼我的作品是黑暗苦悶，她的作品是光明喜悅？我好奇是不是因為她的生活非常美好，才有這麼幸福的作品。

我一查資料，卻發現作品竟然來自陝西黃土高原，一個土地貧脊、資源匱乏的的環境。我一直怪罪環境有問題，但有人在幾乎黑白的世界卻創造了繽紛的色彩，那為什麼我不行！同時我也感受到環境本身是中立客觀的存在，環境沒有要為難任何人，就像黃土高原不是因為知道我要去，就把綠綠的樹都收起來，在我去之前就那樣，在我離開後也一樣。在這個邏輯中，環境是中立地存在著並沒有要針對誰，只是我們剛好走進去，對環境發脾氣根本沒意義，惟一要做的是集中力氣，全心全意地在不好的環境創造自己的好生活。

而作者的身世更看不到幸福的痕跡。她在四歲就被大人決定以後長大嫁給誰，十幾歲有生育能力，沒得選擇就嫁過去幫人生小孩做家事。老公跟她沒情感基礎卻生了十三個小孩，還常常打她、

有人可以在貧瘠土地創造繽紛色彩，為什麼我不行！我告訴自己，環境很辛苦，但我不應該被阻止成為一個快樂健康的人。

罵她、不斷家暴。她的人生根本是苦難，應該是最有資格說「我要放棄自己」的人，但為什麼作品卻充滿著祝福與喜悅？我看了好震撼，也好希望自己也有這樣的生命狀態，於是申請雲門舞集的流浪者計畫，去陝西找大娘學剪紙。

想不到去到那邊才知道大娘已經過世。我看著大娘房間牆上的剪紙作品，環顧讓她生活充滿苦難的地方。換成是我一定只是抱怨，希望環境變好卻沒有作為，但大娘不跟環境討價還價，不跟過去斤斤計較，只要一有時間就投入自己熱愛的剪紙，將心中的渴望創作成美麗的作品。

反觀自己，雖然生活有辛苦，但也沒有別人苦，卻習慣放大的自己的痛苦，好讓自己可以理所迴避改變自己的責任，繼續怨嘆人生不公、怪罪環境不好、覺得資源不夠就消極等待不動作。但因為不動作人就無法長出肌肉，不斷惡性循環，人就更虛弱。平時沒有扛起責任的習慣，當有天幸福來到我眼前，我也不一定拿得起，因為幸福也是有重量的。

我想著大娘在苦難中依然微笑，在困頓中依然給人祝福的樣子，而自己卻在抱怨與等待中流失生命，更因執著於自己匱乏的，而忽略自己擁有的。就像我因獲得雲門補助而有機會來到陝西，我人生再怎麼苦都有比別人好的地方，畢竟雲門當時一年只補助八位年輕創作者。而如果我只是旅行卻不改變，走得再遠，也只是在進行一場從未移動的旅程，浪費時間，也辜負雲門的補助。

離開庫淑蘭的家後，我一個人走在貧瘠蕭瑟的黃土高原上跟自己說：「楊士毅，我們不要再抱怨，不要再依賴，我們渴望怎樣的環境，就讓自己成為怎樣的人。」那天我跟自己約定：「從現在開始，我們讓自己成為一個好環境，也許有人路過我們身邊，也能帶走一點好風景。」

我一直很感謝雲門林懷民老師給了我這個補助，重點不是讓我去多遙遠的地方旅行，而是讓我無所遁逃地看見了自己。我停下抱怨，不再期待環境而是期待自己，也讓我懂得全心全意，將時間用來把生命長成自己喜歡的樣子。

喜歡剪紙這門手藝，動手做事時，不是傳遞祝福，就是表達心願。祝福給別人，心願給自己，提醒著我平衡，照顧別人也完成自己。

因為害怕一輩子工作，我找到一生的天賦

人這一生最長時間的活動是什麼？睡覺不算的話，就是工作了。而我們的工作型態決定了我們生活的方式，工作的心態又影響著我們生命的樣貌。

我要怎樣的工作？如果沒有做自己喜歡的工作，又要用什麼心態去面對？這個問題，我從國中就在想。

這麼急著想，是因為爸爸愛賭博，家裡只靠媽媽在工作在支撐，長期入不敷出，累積很多債務。因此可以預知，未來我不是顧好自己就好，還要扛起債務，所以我知道我這輩子大概就是要一直工作、一直工作、一直工作。

講三次不是因為很重要，是因為很恐怖，更恐怖的是一輩子做著不是自己想要的工作。恐怖歸恐怖，但也因為這個恐怖，幫助我提早思考什麼是我熱愛且願意在一起一輩子的工作。我也因此開始思考自己的特質，進而探索自己的天賦。我相信用天賦工作，雖然辛苦少不了，但也一定有幸福。一個提問帶來連鎖反應的思考與行動，雖然花了很長時間，但最後我找到自己最熱愛的事情，藝術創作——並成為我現在的工作。

當然，能做自己熱愛的工作很幸運，但我也想過，藝術並非社會的必需品，我隨時可能不被需

我希望自己也能像這樣，擁有
一顆在狂風暴雨中，依然平靜
滿足的心。

要。當有天無法繼續藝術的工作型態，為了養家還債而投入其他行業時，依然要有健康的心態。否則不只外在辛苦，負面的心態又讓內在受苦，內外交迫太痛苦，太不值得。

有一次開車等紅燈時，我看到一個阿嬤穿著雨衣坐在路邊在飄著毛毛雨的路邊賣玉蘭花，我把車停路邊，下去跟阿嬤買了兩串玉蘭花。當我離開走到車邊時，原本毛毛雨突然變成狂風暴雨就像颱風那樣，阿嬤依然手拿著玉蘭花坐在那邊。從小被阿嬤帶大的我，看了實在很不捨，就跑過去說：「阿嬤，妳的玉蘭花我全跟妳買，妳趕快回家。」想不到阿嬤跟我說：「全部買你負擔太大，我回家沒事做，我在這裡慢慢賣。」我愣了一下，心想怎麼我覺得需要被幫忙的人，都還在為人設想，並且在暴風雨中滿足平靜地做著她的工作。當下實在很感動，而我也想如果有一天，我們的社會尊敬一個人不是因為對方的職業與身份，而是他的態度與精神，那我們的社會就會少很多挫敗，變得更健康——每個人都能因為善盡本分而自信，而非追求認同而慌張。我也希望自己未來不論做什麼，也能像這個阿嬤這樣，帶著歡喜的心把手中的玉蘭花交出去。

所以我告訴自己：「楊士毅，只要有工作，沒有流離失所，還能照顧家人，本身就是一種幸福，就值得我們感恩。這樣說，不是要催眠自己，而是要提醒自己，無法從事自己熱愛的工作很可惜，但連工作都沒有更痛苦。所以不要忘記有工作本身就是幸福——記得幸福，才會有力量。」

天賦的尋找，心態的建立，這些都很不容易，因此更須要趁早開始。所以後來我很感謝成長中的「恐怖」，讓我因危機意識而趁早思考，找到可以成為工作的天賦。

面對恐怖，不要只是害怕，而是有所反應，開始思考，產生行動，恐怖也能從壓迫變成一種力量。我反應，我行動，不是因為勇敢，只是不想站在原地任由恐懼擺佈。如果你也有著閃躲不了的生活，試著用這個角度思考，也許原本的恐怖，都能轉換成祝福，也變成推動生命前進的助力。

給人幸福，是為了跟社會說謝謝

我希望自己的工作可以給人幸福，也給人力量。

為什麼會這樣想？那是因為我不是一個人走到這裡來。成長過程很多人陪伴與支持，我才能從沒什麼希望的家庭中走到現在。如大家知道的雲門舞集林懷民老師舉辦的「流浪者計畫」，讓我有機會出國看世界，還有大家不認識的我的大學老師，帶著我找到藝術創作的天賦，也成為我現在的工作。

所以在從學校畢業前我一直有個困擾，我怎麼走進這個對我有恩的社會，怎麼跟我們的社會說一句「謝謝你」。

當然，大家會覺得社會很多人不好，我知道，我也遇到很多，但我們不能因為不好的人，而忘記對我們好的那些人。更重要的是不管別人怎麼樣，我們自己想要成為什麼樣的人。而我，有人對我好，我想說謝謝。

但是說謝謝為什麼對我會是困擾呢？因為我扛著家裡許多債務，但我又不能等到有錢才來跟社會表達感謝，搞不好我還來不及有錢就死了，那怎麼辦？那時媽媽給了我一個很棒的想法，媽媽說：「你每一次工作時，都把別人放在心裡，這樣不只能賺錢養家，你為人設想，一定也能做出帶給社會力量的作品，照顧家庭與感謝社會不就同時完成了！」

媽媽的提醒讓我豁然開朗。工作是人一生中最長時間的活動，要用工作以外的時間再去實踐什麼，其實很困難。而工作很辛苦，只靠賺錢這單一動機要有持續的動力，也很不容易。所以將所要完成的一切同時融合進工作中，讓一個動作有「多元效益」，就是惟一的方法。

因此「給人幸福與力量」就成為每次我動手做事時的依歸，也就是媽媽說的「把人放在心裡面」。所以每一次創作發想時，我總會把眼睛閉上，去感受這個社會，或者去感受大家現在需要的是什麼——讓大家的需要與幸福成為我創作的指引——這樣就可以在完成作品的同一時間，也完成對社會的感謝，對家庭的照顧，以及對自己的期待。

所以每次有人好奇為什麼看我的作品總會感到幸福與溫暖，也許說起來會有點肉麻，我還是會如實地告訴大家：「那是因為在我還沒有遇見你們之前，就已經把你們放在心裡面。」

為人設想是最強大而沒副作用的競爭力

我們的社會一直強調競爭力。所謂勝利通常在於我們打敗多少人，所以我們不知不覺養成了把自身以外的人當對手、當敵人的習慣。這也就註定了我們的生活是焦慮跟恐慌、我們的社會是防備與對抗。這樣的競爭力也許會獲得一時勝利的爽快，卻也讓生活充滿著許多令人痛苦的副作用。

所以關於「為人設想」我想多說一點。

「為人設想」就如同要煮飯給大家吃。我們都知道煮飯給自己吃，想怎麼煮都可以，可是你要煮飯給一百人、一千人甚至一萬個人吃，要同時滿足這麼多人的胃口實在很困難，也就是所謂的「眾口難調」。為了調和眾口，你要產生很強大的敏銳度、感受力、實驗力、分析力、結構力，要不停擴充各種能力，同時突破自己的框架，並且不斷堅持，才有可能找到最好的調和滿足大眾。

上面提到的能力不都是我們社會需要的「競爭力」嗎？你看，我們變強可以不是因為我們打敗多少人，而是我們可以為人帶來多少幸福。為人設想、給人幸福實在太難了，而你做著困難的事情，怎麼可能不變強，怎麼可能不變厲害呢？但最棒的事情是什麼呢？就是你心裡沒有競爭，但全身充滿競爭力，而你看到這麼多人因你而感動而幸福，你也喜歡自己，那多美，多快樂啊！

會一直強調「為人設想」其實是因為我知道競爭廝殺無法讓人快樂，傷了人有罪惡感，受了傷又有挫敗感，獲得成功卻不一定喜歡自己，但生存的焦慮又讓人不知道如何是好也不敢停下腳步。這些我都經歷過，那種痛苦我也知道，所以「如何能在社會生存，同時也成為自己喜歡的樣子」這個問題我很早就在思考，最後發現「為人設想」是最好的方法。

以我自己為例子好了，雖然有點不好意思，但我想正在閱讀這本書的你，應該都會有點喜歡我。你喜歡我基本上不是因為我做了什麼作品，而是我做什麼、說什麼都盡量「為人設想」。而你喜歡我，就會想靠近我，或許有適合的工作也會想與我合作，那我就可以進到社會賺錢養家，同時也用作品跟社會說一句謝謝你。你看，一個美好的循環就這樣產生了。

所以很想跟大家說「為人設想」其實才是我們社會最好的經濟體系與生活系統，是最強大而沒有副作用的競爭力——不只讓別人幸福，自己也會成為一個自己會喜歡的人。我一直這樣相信，也這樣實踐，跟許多國際品牌合作的緣分，也都是來自於這份理念的會合。如果不斷競爭並沒有讓你獲得渴望的生活，也許你也可以試著這樣相信、實踐——在每一次工作時，想著自己可以給多少人幸福，你一定也能長出自己想像不到的力量與生活。

跟蘋果公司合作，不是因為我紅，是理念相同

因為生存的焦慮，從學校開始到進入社會，我們總是不自覺地競爭與廝殺，好不容易獲得成果，過程可能造成許多的傷害，最後卻不一定喜歡自己。因為我們忽略了「有人因我們而幸福」始終是身為人類內心的基本渴望。這麼努力，卻不一定喜歡自己，成功得如此挫敗，其實很令人難過。

所以我總是希望大家停下來想一想：如果為人設想，給人幸福也能賺錢，也能生存，那我們會選擇競爭廝殺，還是為人設想呢？當然是「為人設想，給人幸福」！但大家通常嘴裡說，腦裡懷疑，我常常覺得好可惜，總希望有天能有具說服力的案例讓大家相信。

這時候美商蘋果公司的合作出現了。

二〇一七年蘋果公司要在台北１０１開設台灣的第一家直營門市，需要當地藝術家為他們在門市創作一件大型裝置作品。他們聯繫我時問：「楊老師，你知道為什麼我們想跟你合作嗎？」

我說：「我不知道，我在台灣不是很有名的藝術家，你們怎麼會找上我？」

他們說：「我們要找的不是有名的人，是理念一樣的人。」

是什麼理念一樣呢？

原來他們在美國的總部有一句話，「希望在離開世界之前，這個世界有因為我們變得更美好」。他們在做了許多台灣藝術家的調查後，知道「我創作不是為了藝術，而是希望帶給人幸福」。所以他們說：「楊老師，我們理念一樣，我們一起合作好嗎？」我當然開心地說好。

我開心，不是因為可以證明自己。因為這樣的理念在還沒有跟蘋果公司合作之前，我就如此相信。我開心，是因為藉由與國際品牌的合作，這樣也許除了選擇競爭廝殺的痛苦之外，大家會願意試著相信「為人設想」也可以生存與生活。因為對人關心到最深處，就能與世界溝通；為人設想到極致，不論你在哪裡都很國際。最重要的是這樣不只賺到錢，還賺到「有人因我們而幸福」的滿足，也賺到對自己的喜歡。

真的很希望大家相信，不是相信我，而是相信全人類共通的需求與價值。

「我們要找的不是有名的人，
是理念相同的人。」

Apple 台北 101

事與願違，有時只是心想事成的過程

成功只會給人短暫的安全感，失敗之後沒有倒，才會擁有真實的自信。

我的作品規模越做越大，從手中小小的剪紙，到後來都已經是大型工程概念在製作。我沒想到自己會開始接觸工程，儘管經驗不足，準備也不夠，但當機會來了，我依然想趕快抓住，心裡想著就邊做邊學。而且若能順利完成，除了作品能更上一層樓，也能處理家裡債務。

想不到事與願違，我工程出問題了。

那次工程失敗我賠了將近一千萬。本來有家裡的負債要處理已經很辛苦，再加上工程的賠償，瞬間我感覺自己被打趴——頭還被壓在地上磨蹭卻無力還手——真的好痛苦，好想放棄，覺得已經無力再面對這一切了。但同時我也知道一旦跟著這個念頭去，我的心一定會掉入萬丈深淵，從此一蹶不振。

所以我就跟趴在地上的自己說：「楊士毅，你可以失敗，但不能倒。你不是一個人活著，你有家人、員工要顧。放棄很簡單，但不會快樂，因為你不會喜歡放棄的自己。」我又像對自己招魂一樣：「楊士毅你回來，我秀秀你，不要跟著放棄的念頭去。難過哭一哭沒關係，不只我在你身邊，還有許多愛你的人在陪你，你不是一個人，我們站起來。我們讓這次失敗的經驗變成未來強大的養分，才不會白受苦。」

那陣子，每天跟自己說這些話，陪自己渡過難關。

我在大學及研究所期間曾經獲得近一百個獎項，但獎項因為競爭而來也會因為競爭而去。獲獎的快樂與安全感都很短暫，但恐懼永遠如影隨形。我擔心下次沒得獎人家就不喜歡我，更害怕巨大失敗來臨時怎麼辦，我有能力面對失敗嗎？有恐懼，就很難有自信。

那次的工程失敗，我可以讓自己一蹶不振，卻願意選擇起身面對，沒有掌聲卻願意繼續向前，這讓我被自己感動，也好喜歡自己。不是因為得獎以及被認同，而是我看見自己有能力面對失敗，也有能力站起來。這讓我長出了我一直渴望的真實自信，也感受到自信不是被人喜歡，而是可以喜歡自己。回頭看這件事情，覺得過程就像剪紙，是一段在捨去中獲得的過程——我想要的，反而需要靠失敗來完成；我損失了近千萬，卻獲得我渴望已久的自信；我原以為的事與願違，可能都是心想事成的過程。

失敗很痛苦，但一輩子恐懼或者不相信自己更痛苦。失敗也許會失去別人的認同，卻能獲得對自己的認識。趁早失敗，趁早長出能耐，趁早脫離失敗的恐懼以及對掌聲的依賴，趁早成為自己喜歡的樣子，趁早自信地活著。這樣的話，失敗就不是失去，而是對生命最好的幫助。

加法學習、減法生活

剪紙，是種減法創作，生活也可以是這樣，用減法概念過日子。

在家庭、學校與社會中，我們的學習與成長幾乎都是「加法」的教育概念，也就是我們必須不斷填充、囤積與追逐。出發點基本上就是，我不夠、我不足、我不好。這樣的教育概念，本身就很難讓人長出自信，而「加法」又沒有上限，好像只能永無止盡的追逐——不知道什麼時後才能停止，怎麼努力才算夠——每天的生活只有焦慮，也因為焦慮而無法冷靜思考而失去對人生方向的判斷。也許有一天我們獲得了成果，卻又覆蓋了自己原本的樣子，過著不一定渴望的人生，無法停下來又不知道為什麼努力。最後我們擁有得很空虛，成功得很挫敗，實在很可惜。

而減法的出發點，不是你不夠，你不足，而是你現在擁有很多的東西。你要做的不是盲目追逐、焦躁囤積，而是好好思考什麼是多餘、是負擔的？什麼是我該拿掉的？什麼才是真正需要留下的？就像剪紙，動手時，想著的不是要「拿到」什麼，而是要「拿掉」什麼？

減法，是一種富足豐盛的出發點，讓人可以冷靜、可以暫停被匱乏的恐懼所掌控，讓人可以在思考與沉澱中，找到自己內心真實的方向，與生活真正的需求，讓我們可以回收原本在慌張追逐中所浪費的時間。簡單說就是意識到不能什麼都想要，開始集中火力與資源，精準地投入在自己真正

捨去不代表失去。什麼都捨不得，畫面永遠一片空白，反而什麼都看不到。

渴望的人生中。

談「減法」不是用來否定「加法」，因為「加法」是吸納與涵養，是豐富生活的方式，而「減法」是沉澱與思考，是生命清澈的方法。只是試著在我們極端的「加法學習」中，試著放進一點減法來平衡，生活就能少一點焦慮與慌張，而自己的樣子不會因過度囤積而模糊，我們的生命也可以因減法而清晰明亮。就像剪紙，原本空白的紙張，因不斷捨去的過程出現豐富美麗的圖像，也因鏤空、透光變成閃閃發亮的模樣。

剪紙是減法，如同人生，是無
法回頭的創作，但不是讓人害
怕失敗，而是學會每一步都要
專注，每一刀都要感受。

失去是雕刻生命的過程

「失去」一直是生活中讓我很害怕的事情，但剪紙讓我對「失去」有了不同的看待。因為剪紙是減法，是不斷在捨去之中獲得成果的創作過程。

若你有機會，可以試著不帶有做出作品的壓力，也不要有美醜的評判，就只是單純體驗剪紙這件事。你會發現每當你動手剪掉一些塊面，原本空無一物的畫面會開始出現一些圖像與造型。而隨著你從紙面中拿掉或捨去的塊面愈多，就會有愈完整而清晰的圖像顯現在你眼前。你會感受到剪紙就是一連串因捨去而獲得，因失去而擁有的過程。這不只是剪紙，生命也是這樣。

在剪紙完成後，你試著把剪下的紙屑，環繞在成品周邊。當你看著被剪下的紙張，那是失去；當你看向形成的畫面，那是擁有。或者這樣說，當你以為失去時，代表著有某些事物正被顯現。相反的，當有東西顯現，就代表著有東西正在消退。所以到底什麼是失去？什麼是擁有？或者沒有真正的失去與擁有？

有與無，是生命中一種並存且滑動的狀態。所謂的失去其實是生活雕刻生命的過程，是為我們顯露不同階段生命樣貌的方式。在這樣的角度中，那就沒有必要害怕失去，重要的是如何看待生活中所有發生的一切。

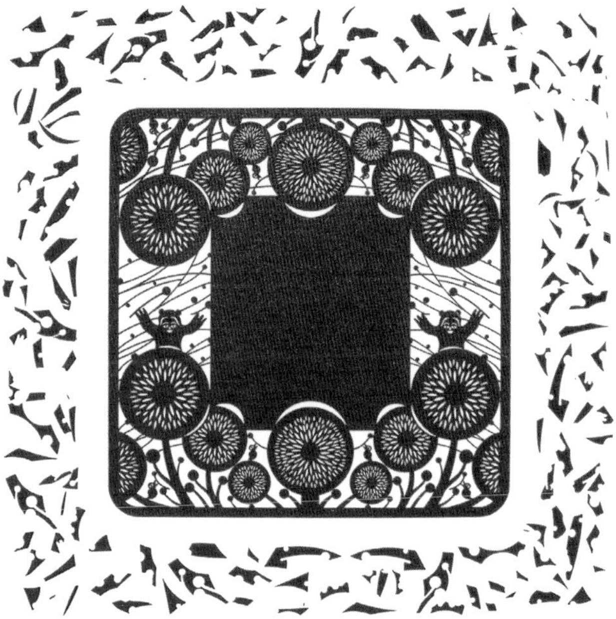

失去不要太悲傷，那會錯過生命用「失去」要為你顯露的風景。擁有不要太得意，因為那是有人願意退到旁邊去，才讓你擁有這一切。

失去的時候不要太悲傷，因為那會錯過生活藉由「失去」，所要為我顯露的訊息；擁有的時候，不要太得意，而是記得感謝，因為那意味著有某些人事物願意退到旁邊去，為我成就這一切。剪紙，讓我懂得客觀看待、平衡生活，也讓我意識到，失去時，如果只是悲傷，那才是真正的失去；獲得時，不懂得珍惜與感謝，也不會真正的擁有。

如果你也害怕失去，或者正在經歷失去，不一定要學剪紙，但可以試著用這樣的角度來看待——失去時，不要只是沉溺於悲傷，而是記得看看生活在同一時間中，在為你顯現的訊息或者要讓你看見的風景。因為我們付出的時間，不該只是帶來傷痛，而是獲得成長。藉由客觀的看待，讓每次的失去，成為一種雕刻的過程。我們的生命可以不是被悲傷覆蓋，而是在生活的雕刻中顯現出生命最美的模樣。

「失去」不是為了讓我們悲傷，而是讓我們用來把生命雕刻成最美的模樣。

說故事不是為了說話，是為了給人歡喜

我說故事的能力，除了自己的渴望，也有來自環境的培養，以及媽媽的影響。

從小什麼都很爛，總是被看不起，所以當我第一次上雜誌專訪時，我開心地把雜誌拿給媽媽看：「媽我上雜誌啊，你有歡喜嗎？」想不到媽媽竟然跟我說：「媽媽歡喜不重要，社會歡喜比較重要。」當下聽了覺得很丟臉。

媽媽的意思是說，楊士毅，你又不是只靠媽媽長大的，你怎麼只想到媽媽？這麼多人幫助過你，你都忘了嗎？媽媽接著跟我說：「楊士毅，出去外面辛苦的事情不要講，因為大家都很辛苦，歡喜的事情講給社會聽。你如果難過，回來家裡，媽媽聽你說。」這是媽媽對我的影響，所以說故事時我養成了一個習慣：說別人需要的，而不是說自己愛說的；說給社會開心，不是說給自己爽。

而所謂環境的培養，也就是理髮廳的成長時光。那時大人對我很沒有耐心，如果我講話大人聽不慣，或者表情看不順眼，一定就被揍，我只能不斷逼迫自己練習在十秒、二十秒內把話講完。雖然這不是很健康的事情，但遇到了，沒辦法改變，就拿來當訓練，至少不會全是痛苦，還能賺到一點收穫。

我說故事的能力，就是這樣的養成。在理髮廳裡體會到沒有人會給我耐心，加上媽媽要我為人

設想，我知道大家時間寶貴——沒有人有義務給我十秒或二十秒——當有人願意聽我講一點話，一定不要浪費別人的時間。我開始習慣性地在說故事時，同時也當聽故事的人，聽自己講的是否太冗長？是否帶著意識說話而非自說自話？也想著同樣的訊息，是否有不同的說法或者創意的詮釋，才不至於老生常談，讓聽的人煎熬受苦？

環境的磨練，加上媽媽的要求，以及自己說故事的渴望，讓我把握每次說話的機會。我總是不斷自我檢視與調整，確保要分享的感動有確實地傳遞到別人心裡。因為說故事重要的不是說話，是傳達，是完成溝通，是給人幸福也給人力量的機會。我就在這些條件規範下不斷練習，大家慢慢願意給我時間說話，我也慢慢成為一個說故事的人，成為一個可以用故事給人歡喜的人。

受苦過後更懂理解

我一直覺得人受苦過後，會更懂得理解與疼惜。

我的創作可以給人幸福與力量，完全來自於成長過程所經歷的辛苦。不管是家庭關係的誤解疏離、長期被輕視嫌棄後的自卑封閉，或是在匱乏環境中的無助孤單，這些經歷除了成為自己成長的養分，更重要是讓我深刻體會身為人的辛苦，知道人需要什麼的力量與陪伴。

因為怨恨過父母，我花了多年時間走回家，知道「理解」在關係裡的重要，所以創作新版的「年獸」故事，希望大家願意對身邊的人保持溝通，並在理解中找到最好對待；因為感受過自卑的痛苦，所以在創作時跟普羅大眾徵文結合在作品中，讓大家看見你的一句話一個動作其實都在造成影響——你並非那麼微不足道那麼沒有意義，要相信自己的價值。也因為在匱乏環境中無助過，所以不論創作或說故事，都希望能讓大家感受到一直在身邊的美好，或者生命中沒有門檻的幸福，讓你隨時有力量去面對生活中的困難與挑戰。

這些都是在受苦過後才知道要給人的疼惜與善待。這樣說不是要大家自討苦吃或者變成苦行僧，因為人生的辛苦已經夠多，而是說如果有避免不了的辛苦，就讓辛苦成為生命的養分與對人的理解。這也正是我能在社會有立足之地的原因，不是因為我的藝術專業有多強，而是來自對人的理解，所以可以在別人還沒開口之前，就能感受到對方的需要。最後曾經受過的苦，都變成我對人的關心與體貼，也都變成我工作時提案與溝通最好的助力。

當然很多人也會說，受苦過後不一定是對人的理解與疼惜，反而是憤恨與不滿。這些我知道，我只是想說環境雖然辛苦，但它不應該阻止我們成為一個幸福快樂的人。在看似沒選擇的時刻，才是選擇的開始。

我不選擇憤恨不滿，不是因為美德。我只是覺得如果環境辛苦，而我又因憤世忌俗而內心受苦，我一輩子可能都不快樂不幸福，那就白白受苦，太不划算、太不值得。所以我選擇利用環境變成養分強壯自己，在受苦中學習照顧自己的內心，也在受苦之中理解身而為人的各種滋味。最終我能像現在這樣，自信自在地走進這個由人組成的世界，也帶著理解與體貼在工作中給人幸福、給人力量，同時也讓這個世界不斷豐富我的生命。

最後，我知道很多大人會因為沒給孩子最好的環境而感到內疚，但對孩子內疚就能很難有立場，沒有立場就很難教養，最後關係可能也會出問題。而我們都知道「千金難買少年貧」，既然環境一時改不了，那還不如用愛陪伴著孩子受苦，用匱乏環境培養面對問題與理解他人的能力，也用創意將辛苦轉換成孩子未來幸福的基底。希望我的故事能帶給所有父母這樣的信心。

工作是我在世界裡的空缺，是走進社會的通道

關於工作，大家往往覺得工作就是為了五斗米折腰，感覺很無奈。但是如果你把工作翻成台語來講，可能你會有不一樣的看待。工作的台語其實就是「空缺」，也就代表你在這個世界上有一個你自己的位置，一個屬於你的地方。

這也就是為什麼我特別珍惜與感謝工作，也這麼喜歡下一頁這張工作照片的原因。

還記得嗎？我曾經在小時候問自己：「我應該被放在這個世界的什麼地方，才不會那麼『鎮地』，才不會擋到別人的路？」而現在我有一份工作，有一個「空缺」，我在世界終於有一個自己的位置，有一個地方可以被擺著，可以為了家庭去努力，所以很感恩。

工作雖然讓人辛苦，但冷靜地想一想，如果沒有工作，我們大概也很難走進這個社會中，因為大家都在工作都在忙，也沒人有時間陪我們玩。另外，人其實與生俱來有渴望分享的本能——我們總希望這個世界或者身邊的人，可以因為我們所做的事情而變得更好。所以工作本身就如同走進社會的通道與載具，載著我們進到社會，將手中美好的事物分享出去，同時交換我們生活所需的一切。

尤其我的工作，藝術創作在某方面來講也不是社會的必需品，記得我知道自己的天賦是創作

時，一方面因知道自己的天賦而開心，一方面也為了如何用創作養家活而擔心。我一直忘不了自己曾長時間處於一種不知道工作在哪裡的焦慮，以及工作終於來臨的喜悅，所以現在能用自己的天賦工作，我一直很珍惜很感謝。

會這樣講，不是要大家要賣命去工作，而是因為家庭的關係，我知道自己這一輩子就是要瘋狂的工作。我完全知道工作的辛苦，但正因為如此，更要記得工作是個珍貴的管道、載具與空缺，讓我可以走進世界、讓我照顧家庭、讓我實現天賦、讓我可以用雙手創造自己要的生活。

當然我一直知道人生有無奈，關於工作我相信也有很多人想離離不開，想選沒得選，所以我只是想說，愈辛苦、愈無奈，愈要記得工作帶給我們的幸福。不要讓內心只被無奈悲傷折磨，而讓珍惜與感謝的心情來助我們一臂之力，讓內心長出足夠的力量，去面對外在的各種辛苦。

這是我看待工作的觀念，也是我走到現在的力量。

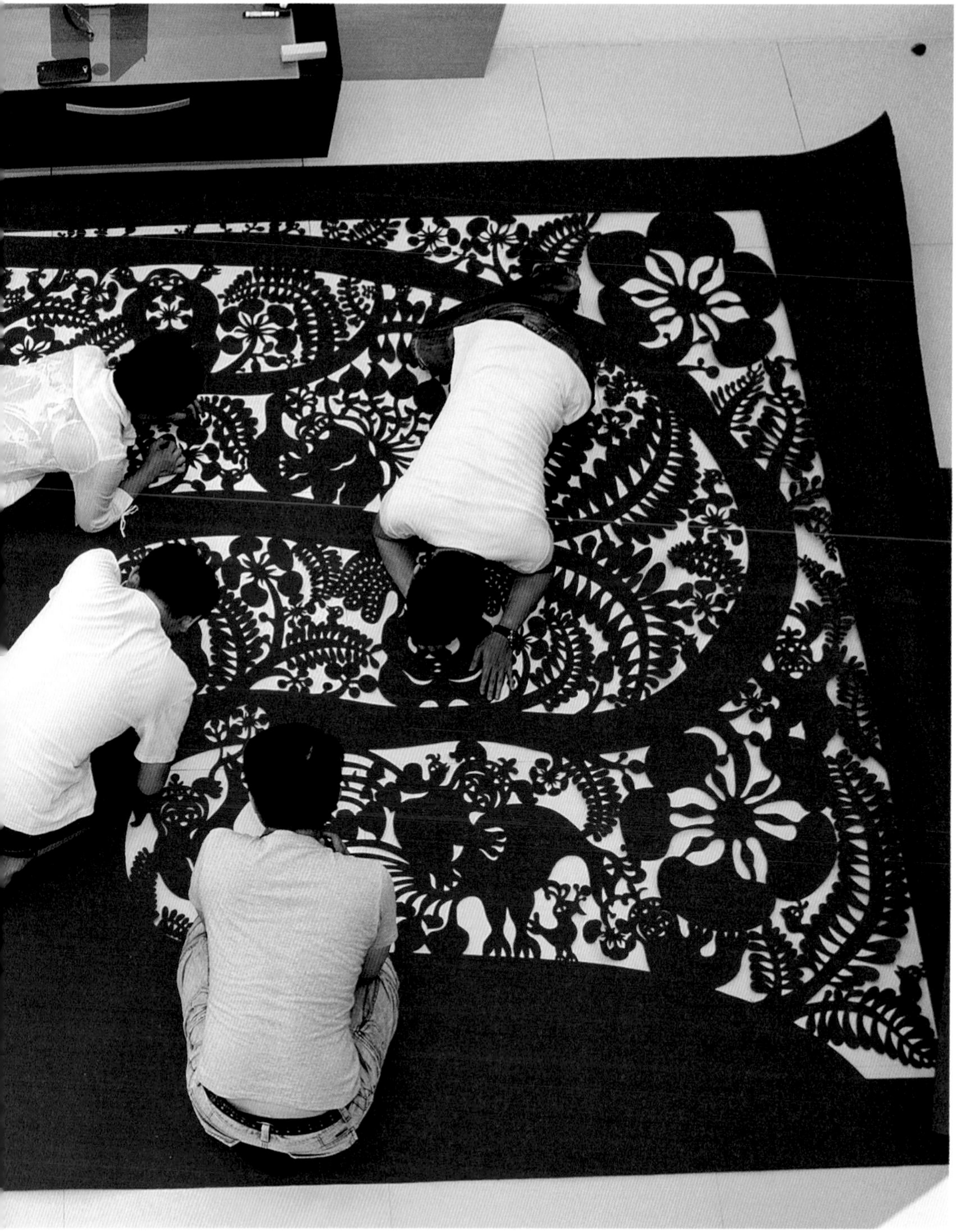

所謂最好的工作，也就是那件讓我們
甘願彎腰跪地去努力的事情。

愈辛苦，愈要記得幸福

我常常在辛苦之中，忘記自己依然幸福，也忘記自己當初出發的原因，「愈辛苦，愈要記得幸福」成為我給自己很重要的提醒。

為了能維持家裡的需求，我常常同時要接好多案子，有段時間還要不停熬夜，身邊沒有人幫忙。有時要連續工作超過二十小時，東西也不一定趕得出來，每天都在時間不夠又畫不出東西的焦慮之中，好痛苦、好害怕、好無助、好想逃。

我沒有想到原本熱愛的事情，怎麼只剩痛苦？這樣的狀態，讓我自己嚇了一跳。我停下來花了一些時間整理思緒，穩定心情。

然後我告訴自己：「楊士毅，我知道你痛苦，但不要忘記這是你自己求來的，是你愛的事情。愛的事情不代表沒有辛苦，你不只要甘願，還要感謝。求學時你希望未來能用天賦工作，用自己喜歡的事情照顧家庭，現在不就是你曾經夢寐以求的未來！」我讓自己沉澱一下繼續說：「雖然內容與規模更龐雜、更艱難，雖然每次案子都超過你自己的能力，但也因為有這些工作，才逼得你長大，讓你在短時間內看見自己的潛能。」

然後我問自己：「楊士毅，上天對你有求必應，社會也給你工作，你很幸福不是嗎？」就在那瞬間我的心裡因感恩而升起了久違的喜悅。我說：「是，我很幸福。」然後我又跟自己說：「我們要感謝老天，感謝身邊支持你的人，更重要的是要記得初心。記得今天有這樣的發展，有這些工作，不是因為你的能力有多好（有能力的人很多），而是這份想用工作給人幸福的初心。」最後我跟自己說：「我們繼續工作好嗎？」我開心地說：「好。」

我想我們大都曾經在辛苦之中，忘記自己依然擁有幸福。不只是工作，也有可能是我們身邊的關係，不論是親情、友情、愛情或婚姻。如果你也有這樣的時刻，也許也可以試著讓自己停下來。除了沈澱思緒、照顧內心，跟自己說說話之外，也讓自己再次記得幸福，記得初心，找回力量。

自信不是比誰厲害，而是對自己明白

我知道我的工作不是社會的必需品，這個自覺讓我很珍惜每一次工作的機會，所以我不會分別所謂商業案或藝術案。不論什麼類型的案子，我都會毫不保留地把我整個創作的天賦投入在裡面。最主要是因為我知道最終作品都會去接觸人，而我「給人幸福」是創作的初心，不論接觸人多人少，都有人會受影響。所以不能分別，不能保留，一定要將自己最好的都給出去。更何況我都不知道是否還有下一次工作，有所保留也沒什麼意義。所以每一次我都用盡全力，也許正因如此我就不斷地進化，事情越做越好，到現在都還有工作來找。

儘管如此，我也總是做好隨時不被需要的準備。我國小、國中時就跟爸爸、叔叔、舅舅他們去工地打工，所以真的不能從事藝術，那我就去做泥水工，再回到工地擔磚頭、貼磁磚也沒關係。因為我想得很清楚了，雖然我喜歡藝術，我的天賦是創作，能做當然很好，但若我做著自己喜歡的事情，卻無法讓家人幸福，我想我也不會快樂。

在這樣的推演與思索中，我知道我要堅持的不是職業，而是身邊的人的幸福，我很清楚社會不會少我這一個藝術家，但家裡不能沒有我。能創作很好，但讓我愛的人幸福，才是我心中最重要的事。所以做什麼都好，只要能照顧身邊的人的工作，都是好職業。這樣想，我就變得自由，也減少許多不必要的痛苦。

當然我知道做工不一定被看得起，但還好我從小本來就被看不起，面對輕視算是訓練有素，比較能快速穩定自己。更何況我知道能讓自己愛的人幸福，才是心中最重要的事。只要我有做到，儘管被看不起，我相信我還是可以很有自信地活著，因為我喜歡可以照顧家人的自己。

這樣的成長歷程讓我體會到，自信，不是因為你比誰厲害，而是來自於你對自己的明白。如果每個人都能在生活中，都能擁有自己的「明白」，能永遠記得自己心中最重要的事，儘管不被社會認同也能在自己的路上穩定前進；不被別人理解，也會依然喜歡自己。

在被看見之前，專心讓自己變得美麗

我的生命中有個難題，家境貧窮又債務重重，未來我明明要扛起這一切，但我的熱愛卻是難以賺錢的藝術創作。

我知道，工作是人一輩子最長時間的活動，若這輩子就是要不斷工作還債，那一定要選擇自己所熱愛的事情。麻煩的是藝術家除了作品要夠好之外，還要做到有名氣——要被人看見，才有機會賺到錢。所以從高職接觸藝術開始，一方面要擔心自己天賦不夠，一方面又很擔心自己不被看見。

當你創作是為了被看見，就很難專注去追尋自己生命的獨特性或者給出純粹有力量的作品，但過於專注又會失去與社會連結以及被看見的機會。我一直在這種擔憂中拉扯，直到網路的出現，安定了我整個慌張焦慮的心。

在我高職時因網路而出現部落格，到我大學畢業時又進展到網路社群，也就是不論你生在何處，都有機會被社會也被世界看見。這幾乎就已經解除不被看見的問題，接下來就是要處理自己長久以來累積成習慣的焦慮習性。

所以我告訴自己：「楊士毅，我們很幸運生長在網路社群及自媒體的年代，要被看見變得很簡單。重點不是我們會不會被看見，重要的是在被看見之前，我們長得美不美麗？否則被看見也沒意義。所以不要再擔心，不須要再分心，我們一心一意地創作，也專注讓自己生命變得美麗。我們一定能用自己熱愛的工作照顧家庭。」這讓我減少許多焦慮的干擾，多出了許多時間去創造，也產生許多作品可以在社群與大家分享，引來許多人主動來尋求合作。我終於用我所熱愛的藝術工作扛起一切的責任。

生長在網路社群及自媒體時代，這是我的幸運，當然也是大家的幸運。說這段故事是因為我知道，「不被看見」或多或少都是每個人的擔憂與焦慮。這讓人受苦，讓人分心，讓人無法好好投入在熱愛的事物中，讓人錯過綻放天賦的機會。但在社群自媒體的時代，我們其實比以前的人幸運，比較沒有懷才不遇的問題，更可以專注安心地投入熱愛的事物。只要同步化解心中習慣性的焦慮，不用擔心不被看見，不用急著走到別人面前，而是全心全意地成長自己，你的生命必然會成為一道別人渴望前往的美麗風景。

初心即未來

未來在哪裡？長大後才知道，未來一直在我們的初心與真心所愛的事情裡。

從小什麼都爛到爆炸，能力資質都比別人差，根本不知道未來在哪裡。但在生活中卻總是被大自然吸引，常常跑到山裡或原野，平時散步也常因遇見在路邊牆縫中安靜綻放的小花，而走過去蹲在他們旁邊說：「妳們好棒，在這艱難的環境綻放這麼美的花朵，謝謝妳們堅強地活著給了我鼓勵，我也會努力跟妳們一樣。」身邊很多人覺得我這樣的行為很奇怪，甚至因此被嘲笑、被疏遠，但我就是很愛這些充滿生命力的植物，常常用創作分享大自然給我的感動。

我沒想到這些路邊的小花以及一份分享的初心，竟然帶著我跟美商蘋果公司合作，以人與大自然在一起的幸福時光為主題，創作出七十五公尺長的雕花作品；更沒想到小小的花朵，也把我帶到大大的台中世界花卉博覽會成為策展人，以一個兩公頃的園區跟大家分享自然給我的感動與啟發。從小功課爛到不行的我，最後竟然有機會在花博結束後受邀進到總統府，接受總統的表揚。這些都是我在慌張迷惘的成長時光中想像不到的未來。

我想說的是，如果有人跟我一樣對未來迷惘慌張，覺得自己什麼都比別人差，當你找到你心中所愛時，一定要緊緊抓住它。千萬別因為現在看不到用處，或者別人覺得沒有出路，忘了跟它在一起時當下的幸福就是用處，更別因為辛苦或未來的不安與恐懼，就輕易地放手與它分開。畢竟沒有真心所愛的未來，你會更無力前往。無論如何更要專注，更用力想著怎麼與它一起存活？怎麼一起走到未來？因為相遇不容易而且做什麼都辛苦，但為了真心所愛至少會甘願，而甘願就是辛苦裡的甜味。一路雖然辛苦，但幸福也一路擁有，不用等到未來才享有。

就像我曾經以為種子的目標與未來是一棵樹，可是當我看著種子長成一棵樹，在開花之後，又變成種子，回到地面，我才發現種子的未來是大樹，但大樹的未來是種子。其實守著初心，我們就已經在未來裡，因為我們的初心也如同種子——所謂的成長，也就是一段「從初心到初心」的過程，就像「種子到種子」的過程中，釋放了一整座森林。所謂的「未來」也不是要去哪裡，而是不論到哪，做什麼，都有著不變的心意，生命自然綻放出美麗風景。

這也讓我想到奇美博物館創辦人許文龍先生，在八、九歲就希望長大可以蓋一間可以跟大家分享美好事物的博物館，終於在八十八歲蓋出了現在的博物館。每次看到他走在博物館看著藏品，如同八十年前那個熱愛博物館的小男孩時的畫面，都讓我很感動。

因此當奇美博物館找我拍攝形象影片時，我以許文龍先生的故事，呈現奇美博物館最珍貴的收藏——除了文化藝術之外，還有一個人八十年不變的初心。我覺得在事業成功後，沒有忘記童年時的夢想，更是真正了不起的成就。我想如果每個人把「初心不變」當成就來追求，那我們的社會一定會很不一樣。當然不是每個人都能蓋博物館，但不要忘記我們永遠都有自己最珍貴的收藏——也就是我們的初心。

所以用力地喜歡自己喜歡的事情，也用盡全力為它努力，因為未來很難規劃也無法預測，不用擔心所愛的事情對別人而言微不足道。就像種子不會因為渺小而覺得自己毫無意義，或者覺得沒有存在價值而放棄成長。我們的生命都如同種子，不只蘊含著一棵大樹，也收納著一整座的森林，等著我們用時間去釋放。

我把這份體會濃縮成「初心即未來」刻在工作室。每當我因未來而慌張時總能提醒自己，未來無法預知，初心是我們惟一能掌握的方向。如果有迷惘，更要把握初心，守住初心，它就會帶著我們走到想像不到的未來。

未來一直在自己的初心裡。守
著初心，當下就是未來。

其實所謂創作，對我而言只是
生命的周邊產品，我不會因為
周邊而停留，因為生命本身才
是我最想完成的作品。

5

光，必然在來的路上

愛恨並存，選擇愛

成長過程中，家人之間的相處一定是又愛又恨，我們家就是如此。但為什麼愛恨並存時，我選擇愛？

我的爸爸從年輕時就一直賭博，不論是六合彩、撲克牌或麻將，幾乎跟賭博有關的爸爸都玩過。結婚有小孩也還是一樣，媽媽怎麼講也不聽，不給爸爸錢，兩人不是吵架就是打架，還是拿不到錢。爸爸出去跟親朋好友借，借到無處可借，就借高利貸繼續賭，這也成為後來我所必須承擔的債務之一。

很多人問我：「阿貴，你都不會生氣嗎？」

我說當然會，不止生氣還會怨恨。只是後來我想通了，生氣也無法改變爸爸，自己受氣又受苦，更重要是我明白我們跟身邊的人總是愛恨並存。家人之間，不會只有愛，也不會沒有恨。我選擇「愛」是因為愛一個人，要對方在的時候才能完成，但是要恨一個人，等他死了之後都還可以恨。

所以，我就想，那我趁著爸爸還在的時候，先愛他，等爸爸死了以後再來恨。

大家聽了常常覺得好笑，死了還有什麼好恨的。

我說對啊，如果人死了就不必再去怨恨，那代表停止怨恨不用仰賴對方改變，只要自己願意，是可以自主決定的。所以，在這個邏輯之中，我現在就可以不用恨，內心可以不用再受苦了。我這樣想，不是因為爸爸賭博是對的，只是不想自己再受苦。如果我無法改變爸爸，也不可能拋棄他，至少不要讓自己內心因為憤怒而受苦。

另外，儘管生氣，我也得承認爸爸對我的疼愛，以及我對爸爸有愛，那我要趁爸爸離開前將我對他的愛完全釋放，以後才不會有遺憾。否則，爸爸走了，恨也沒對象，愛也沒出口，只剩遺憾壓在我身上，我的日子一定過不好。

說這段家裡的故事，是因為我發現身邊許多朋友，常常一邊生父母氣又一邊覺得罪惡感，無法接受自己的感受，又放不下對父母的情緒，搞得內心糾結，事情更無法解決。其實我覺得有恨沒有關係，只要不要在恨意之中忘記愛依然存在。承認有恨，是為了接受自己的情緒，理解自己的感受，不要因為罪惡感無法正視自己的感覺，而忽略了對內心的照顧；記得有愛，不是為了忽略問題，是為了擁有力量面對眼前的問題，讓愛成為指引，把我們帶回彼此身邊。

所以，愛恨並存，我選擇愛，不是因為孝順，是為了讓自己脫離怨恨的掌控，讓現在過得有力量，讓未來不要有遺憾。我這樣想，這樣做，完全是為了自己。

辛苦才要笑，笑了就有力量

外婆有五個女兒，特別的是他們的名字幾乎都是花，而媽媽的名字叫含笑。不知道媽媽是不是一出生就會笑，所以取了含笑花的名字，但在我的印象中，生活雖然困頓辛苦，媽媽大多時候臉上總是有笑容。

有天我好奇問媽媽：「這麼辛苦怎麼還能笑？」

媽媽說：「就是辛苦才要笑，笑了就有力量。」

媽媽的回覆讓我愣了一下。好像有點不合邏輯，因為我自己是個常因問題而愁眉苦臉的人，我納悶辛苦怎麼還能笑？但後來想一想，生活每個問題那麼艱難，每個目標都那麼漫長，如果沒有讓自己快樂，怎麼有力量穿越難關，走到更遠的地方？更何況要等到生活沒煩沒惱才能笑，那人這輩子就不用快樂了。

我們都知道思想會影響行為，但常常忘了行為也會引導思想與心情。就像我愁眉苦臉就帶來更多的哀愁，所以我也試著像媽媽那樣讓自己微笑，果然連動內心產生喜悅。我很驚喜地跟媽媽說：「真的會快樂、會有力量耶。」媽媽笑著說：「所以不用等到有成果那天才笑，現在就可以笑，帶著快樂與力量走到有成果的那一天。」

媽媽的想法不是來自書上或理論，都是來自真實應對生活的經驗。加上我們環境不好，不太可能為了解決問題再額外付出資源，所以媽媽的方法總是從根本下手，簡單好執行。這也影響我不論創作或者現在寫這本書，都希望能讓大家看見生活中「沒有門檻的幸福」——那些只要你願意都能做得到的，以及一直在你身邊的力量。

看到這裡，大家應該會覺得媽媽給了我很好的家庭教育。可是大家應該也知道，像我媽媽那樣年代的人，教育程度通常就是國小畢業。所以也想趁機說，我想大家都希望給孩子最好的環境、最好的學校，甚至都能考上第一志願，可是一所學校能收多少學生？全台灣又有多少孩子？那錄取率比被雷打到還要低。

所以不要忘記，家庭就是每個生命的第一志願，不要把教育全都依賴給學校，也不要跟別人家比較，在你那裡其實都擁有孩子足夠的需要。儘管客觀環境相對匱乏，但對孩子的愛，一定也能讓你產生無比的智慧與創意，將環境轉換成孩子量身訂做的教室，讓他獲得專屬的學習與寶藏。

學校給的是知識與技能，而家庭給的是態度與榜樣，而後者往往才是一個孩子人生可以走得長久最重要的力量。就像我的媽媽，她的樣子、她的名字，每當想放棄時，只要想起媽媽的話，還有她那在千斤萬擔中依然綻放的笑容時，我就會就跟著學、照著做，讓笑容成為一朵不受四季影響的花朵，帶著喜悅與力量面對各種人生的挑戰。希望自己也能像媽媽那樣，苦樂皆能歡喜，四季都有花香。

放下立場才能給人真正的關心

爸爸因抽菸超過五十年而肺部纖維化，肺功能只剩二十%，呼吸都很困難。家裡都放著氧氣機讓爸爸使用，否則爸爸隨時會因氧氣不足無法呼吸，或者在睡覺時突然就窒息。爸爸到後來身體虛弱到不行，每次感冒都可能進加護病房，再不戒菸，以肺部衰退的速度大概只剩兩三年。但戒菸勸不聽，叫他不要再出去通宵打麻將也講不聽，甚至要媽媽幫他準備小台氧氣機，讓他可以背在身上方便出門去打牌，實在很誇張。每當我看到爸爸抽菸或者要出門打牌，我也都以關心身體為由不客氣地罵爸爸，不斷阻止並且要求爸爸改變。

媽媽看我每次總是這麼生氣，就在爸爸出門後跟我說：「楊士毅，我知道你生氣，但你爸爸這輩子從年輕賭到老，要改變已經不可能了。他也沒剩多少時間，就不要再逼他了。」媽媽看我比較冷靜又說：「更何況你爸身體機能幾乎壞光光，他已經很厭世沒什麼生存的意志了。只有打麻將時他才願意下床或出門，我們就不要再剝奪他惟一生存的意志了。」聽到媽媽這份對爸爸真心溫暖的關心，我瞬間泛淚。

媽媽讓我看到一份對人真正的關心。媽媽不管這個人帶給她多少辛苦，也不再以是非對錯去看待爸爸的行為，而是想著怎麼在爸爸生命的最後，給他最好的對待，讓爸爸依然保有生存的意志。

我被媽媽的話感動，也想著自己每次以關心為名責罵爸爸時，真正的想法是「爸爸你不要造成我麻煩，你改變我就比較輕鬆，不用常常收到你住院的消息，也不用擔心你突然又去借高利貸」，我才發現我口口聲聲說為爸爸好，但其實大多是為自己想。我關心的其實是我自己，而不是真正地看到眼前這個知道自己來日無多的爸爸，其實心裡很無助、很孤單、很害怕。

我想著：「對啊，都到這時候了，還要爸爸改變什麼？」原來那只是我的執著，只是我的賭氣。我可能就在這些情緒中，錯過在最後的時間真心表達對爸爸的關心與情感，也在每一次的生氣中造成未來的遺憾，最後我也會不喜歡自己。

我不是說賭博是對，也不是說媽媽面對婚姻的方式是好，只是說要嘛我離開爸爸，但如果沒有要離開，我是否能有一個有力量的角度來看待無法改變的事情，不讓內心一直在憤怒不滿中受苦？而媽媽的善良一直以來都是我的指引。因為有媽媽走在前面，我開始放下對爸爸挑剔指責的眼光——去感受爸爸對我的關心，也看自己對爸爸的情感——然後學習像媽媽那樣，放下以自己利害關係為優先的立場，真心良善地去關心一個人。

最後我跟爸爸少了許多遺憾，也因為媽媽，真心為人設想也成為我工作的習慣，讓我創作出許多給人力量的作品，我也有機會因自己的善良而喜歡自己。雖然這樣的改變很辛苦，但可以沒有遺憾，也可以喜歡自己，很值得。

扛起來很辛苦，但扛得起，很幸福

家裡的負債，不只成為我長大後的負擔，平均每個月大概要拿八到十萬元回家（這還不包括自己在外的生活開銷），也成為我感情的阻礙，讓我走向婚姻的過程比較波折。媽媽一直認為對我很虧欠。

記得我要結婚前，拿著家用給媽媽時，媽媽很愧疚地跟我說：「你終於要結婚了，但家裡都沒給你任何幫助，只有帶給你負債與負擔，對不起。」讓媽媽跟我說對不起真的很難過，付出的人最後不該承受這種虧欠的心情。

我說：「媽媽，這些負債都是妳為了扶養我們兄弟所累積下來的。這個家庭妳扛了幾十年，靠理頭髮每天將近十四小時工作撐到今天，現在換我來，應該的。妳不要覺得抱歉。」

媽媽流下眼淚說：「但這樣讓你很辛苦，很捨不得。」

我說：「媽媽，扛起來很辛苦，但扛不起很痛苦。如果我看到我愛的人在受苦，自己卻無能為力，那實在太痛苦。與其無能為力的痛苦，我寧可扛起來的辛苦。加上像我這樣從小爛到爆炸幾乎沒有希望的小孩，現在竟然有能力扛起這一切，我其實常常忍不住合掌跟老天說謝謝，謝謝老天讓我有機會扛起來。所以，媽媽，扛起來很辛苦，但扛得起，很幸福。妳要開心收下這些家用，這些錢雖然是我賺的，但其實這都是妳之前付出在我身上的一切，現在只是變成成果回到妳手上。所以不要愧疚，妳對我沒有虧欠。媽媽妳要開心歡喜地收下，妳的幸福是我努力的意義，妳的歡喜是身為孩子最想看到的成果。」最後我說：「媽媽，妳不要只是流淚，也要笑，像妳的名字一樣，妳要歡喜。」

讓孩子受苦是所有父母最痛苦的事情，孩子的感謝與理解是惟一的解方。這些給媽媽的話，除了感謝與化解媽媽愧疚的心情之外，也是我扛起一切卻無怨無悔的原因。雖然負重前行讓我很多時候我走得比別人緩慢，會有難過也會有無奈的時候，但成長中我經歷太長時間無能為力的時刻，我始終記得自己曾無助地跟上天祈求，讓我能在我愛的人需要時，有能力扛起這一切。現在老天讓我如願，我不會否定負重的辛苦，但也不會忘記可以承擔的幸福。

講到這裡忍不住想再說一次，謝謝老天，讓我擁有「扛得起」的幸福。

出門做善事前，先善待身邊的人

爸媽年輕時常為了錢吵架，家裡經濟很不好但爸爸好賭又不愛工作，爸媽有時吵到打架甚至拿菜刀對峙，離婚的話題也從來不曾少過。每當他們吵架我都害怕得躲在棉被裡，什麼都不能做只能希望那恐怖的時刻可以趕快過去。

直到我長大出社會後，爸爸依然不工作常常要錢賭博，要不到錢可能就借高利貸，不開心就罵媽媽，三不五時就說要離家出走，對家庭幾乎沒有責任感。看著辛苦扛起這個家庭的媽媽，我忍不住問：「媽媽妳們以前都常吵到要離婚，怎麼後來都沒離？」媽媽說：「以前你們還小，需要你爸爸一起來幫忙支撐這個家庭。那時候最辛苦、最痛苦都沒有離婚了，現在你們長大成人都有能力工作了，我又不需要你爸爸跟我配合，幹嘛還要離婚？」我又問：「那現在妳是用什麼心情跟爸爸在一起？」媽媽說：「就當作是做善事啊。」

媽媽的意思是，像我爸爸這樣的人，從年輕就不工作只會賭博幾乎沒有生存能力，離婚後爸爸基本上應該是做街友當乞丐。媽媽問我：「你在外面看到街友跟乞丐，如果有錢會不會給人家一些？」我說會。媽媽接著說：「那與其讓你爸爸去外面做乞丐，之後再去對他做好事，為什麼不現在就對他做善事呢？」

媽媽的回答完全讓我意想不到，也給了我很大的反思。我想當一個說故事的人，很愛跑到外面對人熱情說故事，回到家對爸爸卻冷漠跟生氣，氣到不願意去看爸爸其實很疼我，買東西給我吃也故意不吃，對我再好我也不理不睬。我只會以拒絕互動來否定爸爸的一切，不斷跑出去跟人分享說故事，卻不願去面對身邊最親近的關係，也不曾想過用不同的方式來溝通與互動。

當然爸爸賭博的行為是不對，但不論爸爸對不對，我已經變成逃避面對家庭關係的人。那有一天當我有家庭，當生命中親密的關係出問題時，我是否也一樣只會轉頭離開去尋找輕鬆沒有負擔的關係？例如跑到外面對別人溫暖分享，享受能瞬間獲得掌聲認同而沒有責任的短暫關係，卻不一定願意回家對身邊的人釋出一些善意？那我在外面的那些好，那些善，是真還是假？那我自己是否能擁有一段可能需要面對各種問題與責任的長久關係呢？我想是很難的。

這讓我開始想改變跟爸爸的關係。我開始跟爸爸互動，不是因為孝順，也不是為了爸爸，而是為了自己——為了能在關係出問題時願意試著帶著不同態度走到愛的人面前，也學習不要因為爸爸賭博的缺點而完全否定他對我的疼愛，更重要的為了讓自己成為一個更真實的人。因為惟有不虛假，不用時時擔心被拆穿，才能自信地走進人群，也才能擁有真實自在的關係。

媽媽其實很少特別對我說教，但媽媽面對生活的態度本身就是一種教育，讓我知道要實在、要踏實。所有的好要從生活、從身邊的人做起，就像記得對身邊的人做好事，而不是跑到很遠的地方對別人做善事。

邏輯是人生過關斬將的好工具

邏輯是我很重要的工具。生活中許多放不下的事情與過不去的心情，大都是靠邏輯來克服與化解，不論是走出自己內心的黑暗，還是走回家人的身邊。

寄人籬下的日子我曾經很怨恨媽媽，後來因為讀大學離開新北逃到台南，我們拉開了距離，我有了冷靜分析的機會。我問自己：「為什麼會對媽媽有怨恨？」我怨恨是因為我受傷；但為什麼我受傷？因為我對媽媽毫無防備；那為什麼我對媽媽毫無防備？答案其實很簡單，因為我愛她。

突然間我發現恨的背後其實都是愛，只是受了傷後被情緒給覆蓋，久而久之就忘了其實我們都曾經因為愛走到彼此面前，卻不夠成熟不知如何去對待。最後造成了傷害又不知如何去面對，我們就帶著內疚與傷痕退到遠方各自難過，各自孤單。

我想，我們竟然都曾因為愛而走到彼此面前，那就不應該只是帶著傷痛離開。

我跟媽媽原本烏雲密佈的關係，就這樣隨著邏輯的分析而撥雲見日。也因為邏輯這個工具，帶著我一路過關斬將穿越憤怒怨恨的情緒，看見內心深處對媽媽一直存在的愛。所以我告訴自己：「楊士毅，如果我們對媽媽依然有愛，那就不要讓怨恨與傷痛把我們相隔兩地。不要賭氣，不要被情緒左右，而是看著愛的方向再走回彼此身邊。」

這些話都不是別人跟我說，而是來自邏輯分析推論出來的想法，是我與自己討論與商量後，自己告訴自己的話。回家不是因為別人要求，不是為了孝順，是我想我要，是自己的決定。回家與面對自己都很困難，若出發得不清不楚，很容易受情緒左右，走沒幾步就半途而廢，最後又因挫敗而失去再次努力的信心，其實很可惜。

這些過程我都經歷過，我是個感性又情緒化的人，常常因一時感覺就行動，但又因想不清楚總是後繼無力，最後往往都是挫敗收場。所以後來每當事情越困難越複雜，我慢慢試著停下來思考，學著依靠邏輯的推論而非一時的感覺，因為來自邏輯的決定會比較堅定，自己跟自己說的話會比較願意聽，也會做得比較甘願，走得比較長遠。

理解自己，是一切美好關係的開始

化解對自己的誤解，有時也會讓我們開始理解身邊的人。

成長過程中曾經對媽媽有怨恨有憤怒，是後來花了許多年的時間一步一步走回彼此身邊，而「理解」是回家過程中很重要的因素。

小時候養死小雛鳥讓我誤解自己是個殘忍的人，長大後重新回想時，才知道自己不是殘忍也不是沒有愛，只是因為不夠成熟不懂得用適當的方式去對待。這讓我意識到媽媽可能也是這樣的狀態：沒人教她如何當媽媽，就像沒人告訴我怎麼照顧一隻小雛鳥。我們都用自己認為好卻可能是錯誤的方式去對待，最後造成不好的結果或破裂的關係，心裡一定都很難過很內疚。記得當時小雛鳥死掉時只會哭，不能接受也無法面對，更不知道如何是好。但媽媽不能像我小時候那樣蹲在地上哭，她不只要面對孩子不快樂，也要扛起家庭，只能逼自己堅強起來面對生活各種現實的壓力，也面對她愛的孩子因她而不快樂。

「理解」不代表媽媽所有的教養方式都是對，而是知道媽媽當時並非故意，是願意再去感受媽媽的出發點，是接受媽媽也曾年輕如現在的我——想愛卻不一定知道怎樣才是最好的對待——是明白一切很不容易，換成是自己也不一定做得好。

當我意識到這些，對媽媽的憤恨情緒以及自己難過的心情就開始慢慢的消散。那個感覺就好像原本充滿雜質的濁水，因靜置沉澱而漸漸變回澄澈透亮的清水。我的內心瞬間變得明亮，眼睛也脫離了情緒的遮蔽，然後我才看見那個獨自扛起家庭重擔，卻又不被孩子理解的媽媽是多麼孤立無援。突然間我好難過，好捨不得，好想馬上跑回家幫幫媽媽。我跟媽媽的關係就在「好想幫媽媽」這因理解而生起的念頭中開始改變。多年後我終於走回媽媽身邊，我們牽起彼此的手，成為彼此的力量。

分享這段故事不是要大家回家或者去諒解誰，而是如果你也對自己有誤解，一定要花時間去化解——有過的不成熟願意去諒解，存在的隔閡試著去消弭——把自己當成這一生最愛卻曾經失去的人，再次把自己找回自己身邊，用理解與溝通的方式與自己重新相處，不再跟自己作對而是用心跟自己作伴。相信當我們與自己有美好的關係時，外在的問題自然會有力量去關心去修復；與身邊家人朋友之間關係的美好，一定會是生活中必然的連鎖反應。

所以，理解自己，就是一切美好關係的開始；回到自己身邊，就能有力量好好走到你愛的人面前。

我是你要的人，不要錯過我

我是在恐懼中長大的人，寄人籬下被打被罵。過程雖然痛苦，但我也因此很早就有機會認識恐懼，也學習面對恐懼，而這也幫助我找到現在的太太。

我們都聽過台語「水人無水命」。女生太美不一定好命，因為男生只看到她的美，想要她的人，不一定懂得她的心，所以漂亮女生在感情上往往更容易傷痕累累。我的太太就是這樣，因為她實在太美了，在認識我之前她因受傷而對感情失望，決定一輩子一個人，不要再有愛情，所以她對異性已經慣性保持距離。

但過去的經歷讓我對恐懼很熟悉，我知道她並不是真的想要一個人生活，恐懼背後的她依然渴望愛情，希望有人相伴。更重要的是我知道我喜歡她，而我也會是她想在一起的人。

所以儘管她對異性顯得高冷尖銳而防備，儘管她的傷不是我造成的，但我因為理解而接受她對我的防備。也因為理解，所以可以不著急，放下自己想在一起的私心，只是好好地陪伴，像朋友那樣分享生活、真心傾聽、慢慢了解，也彼此關心。

認識好一陣子後，她慢慢對我有感情，但過去的恐懼讓她慣性忽略情感，甚至不知道自己已經喜歡我。當我跟她表白心意，她依然害怕不願接受，於是我跟她說：「不要讓過去的恐懼掌控妳。我是妳要的人，不要錯過我。」

當時她才看見恐懼背後對我的情感，哭著說：「為什麼還要讓我再遇見愛情？我不想再有愛情了。」我聽了跟她說：「不要因為受傷而誤會自己不要愛情，更不要因為恐懼而封閉自己。封閉自己也許可以隔絕許多傷害，但也會讓妳錯過自己渴望的愛。」她聽完後又說：「你會不會變？」我說：「我一定會變。不是變得不愛妳，就是變得更愛妳。怎麼可能不變？不要害怕變化。」

然後我們就在一起，從戀愛到結婚，一直走到現在十多年。

回頭看，雖然過去很痛苦，但也讓我提早學會穿越恐懼，才能在遇見愛的人時，沒有被她的防備與尖銳嚇跑，反而能接受她的拒絕與懷疑，帶著理解堅定地走到她面前。看著現在擁有的幸福，對於過去，雖然不願再經歷，但我充滿感謝。

這是我的愛情故事，也是生活中另一個「離不開，就利用它讓自己擁有一身好武藝」的小故事。

幸福咒語

認識自己有個好處，讓我很知道怎麼對付自己，也讓我擁有美好關係。

長期的日記書寫習慣，不只形成了跟自己說話，對自己招魂的習慣，也讓我根據自己的性格與問題寫了許多可以引導自己、化解情緒的「幸福咒語」。

以感情關係來說，我跟太太都不是好脾氣的人——我固執、她霸道——我們應該很常吵架。但十多年來我們很少爭執，因為每當脾氣來了我就會跟自己說：「楊士毅，在一起是為了相愛，不是為了彼此傷害。」這讓我記得當初苦苦追求，現在她就在身邊。不要忘記當初走向對方的原因，人就會冷靜一點。而如果還生氣我就又說：「楊士毅，不要為了三秒的情緒，吵三天架，不划算。」

另外，明明在生活中我們目標相同，但個性中的自卑與自我，卻容易因對方做法不同感覺被否定而生氣。這時我給自己的咒語就是：「楊士毅，自我讓我們不自由，利用身邊的人學習放下自我，方向一致就好，聽對方的沒關係。」所以在生活中，我常說好，說著說著自己越來越自由也越有彈性。而當我有一次說不好時，太太反而會聽見，而不是在不斷爭執中掩蓋彼此的聲音。

自卑的人很怕失去，在關係中遇到弱的就掌控，遇到強的就討好。我的太太是個獨立自主很愛出去接觸新事物的人，我會因沒安全感，忍不住掌控或討好。對此，我的咒語是：「楊士毅，人不是活著分開，就是死著離去。不要害怕必然的失去，重要的是失去之前，兩人過得好不好。」這讓我不去跟對方要求安全感，而是學習安定自己的心。畢竟掌控與討好都痛苦，誰都撐不久，有健康的自己，才會有長久的關係。

我個性急，溝通不良總容易嫌麻煩，有時會閃現「其他人會不會更好」的念頭。這種念頭也是我感情不長久的毛病。我會說：「楊士毅，你不要只要想愛情裡的幸福，卻不要關係裡的責任。」也就是不要只要享受，不願付代價。溝通是關係中必然的責任，是我生命必然的課題，沒有學會耐心，去找誰都沒用。

我喜歡年輕貌美的女生，但身邊的人只會一天一天老去，所以看著太太美麗的樣子，我會說：「楊士毅，你要記得的不是她的美麗，而是她用她的青春愛過你。」這不只是愛情，也是恩情。不要為了一時的慾望傷害身邊那個在你什麼都沒有時就願意相伴，那個陪你走過許多難關，對你有愛有恩的人。

當我因太太主見太強而生氣時，我就說：楊士毅，「獨立自主是你當時喜歡她的原因，現在不該成為挑惕對方的理由。喜歡玫瑰就不要責備對方有刺，要記得人家不是針對你，要記得當時欣賞對方的原因。」

這些咒語完全來自對自己的認識，是為了對治自我與化解情緒而產生。情緒來得很快，一不小心就被掌控，自己受苦身邊的人也痛苦，因此我必須用精簡精準的想法，在短時間內像招魂般把自己從不好的念頭引導回來。所以我都會說這是自己量身定做的「幸福咒語」。

這些咒語我可以一直說下去，我有多少問題就有多少咒語，但這都是根據自己的問題與狀況，其實也不一定適用每個人，講多了也沒意思。最主要還是每個人花時間給自己，更重要的是對自己誠實，也願意對自己負責，才有辦法找得到最真實有效用的，讓自己也讓身邊的人幸福的好念頭。

愛情是生命中最赤裸的關係，一切的好與不好都無法永久隱藏，但也因此是看清楚自己的好機會。因為所有的愛情，最終都不是為了走向別人，而是為了讓我們與真實的自己相遇。

承擔不是因為我現在做得到，而是我願意讓自己做得到

我一直覺得家裡一句鼓勵的話，是每個人心裡的光——簡單的文字但總是帶來大大的力量。所以在一次創作時，我跟大家收集家人給你最感動的一句話來結合我的作品，希望帶給大家力量。

想不到，這樣的力量最後卻回到我自己身上。

那時候媽媽來看作品，看到一半媽媽突然哭了起來，我不知道怎麼回事就趕緊問：「媽媽你怎麼在哭，怎麼了？」媽媽就指著前面「娘家還在」四個字說：「阿嬤走了，媽媽沒有娘家了，娘家沒有了。」然後媽媽就一直哭。

當下我很懊惱自己沒有注意到媽媽閱讀的文字，而外婆就剛好在過年前兩個禮拜過世。媽媽當時擔心外婆走不好，幾乎沒看到她掉眼淚，現在看到平時堅強樂觀的媽媽在我眼前哭得那麼慘，一時之間我不知道怎麼辦，只好先抱著媽媽，而媽媽就靠在我肩膀嚎啕大哭。

我就這樣抱著媽媽，想著如果換成媽媽不在了，這個世界上最疼我的人走了，我一定也會超難過。媽媽就這樣在我肩膀上哭了大概五分鐘後，我才說：「媽媽，阿嬤無佇耶，換阮共汝惜，換阮共汝疼。」

你們說這句話有沒有很簡單？我想大都數人會覺得簡單。但為什麼這麼簡單我卻要猶豫五分

當愛的人哭泣時，就是我們長
大的時刻。

鐘？沒有馬上說出口？其實是因為我沒有信心，我怎麼有信心可以做得比媽媽自己的媽媽還要好？怎麼做到像外婆那樣對媽媽的疼愛？但我也就在那個當下終於明白什麼是「承擔」。

原來所謂的「承擔」不是因為我現在做得到，而是我願意讓自己做得到，那才叫做「承擔」。我就在那個當下，又長大了一點點。我明白很多事情不是做不做得到，而是一定要做到，就像媽媽那樣赤手空拳也要扛起一個家。

從小就知道以後必須扛起家裡的一切，我雖然覺得辛苦，但我更怕扛不起。為了能做到我一直在努力、一直在準備。那天剛好有朋友在現場紀錄下這一刻，看著媽媽依靠在我肩幫，我好開心自己沒有因為害怕而停下腳步，才能看見自己長出肩膀的樣子，覺得自己好美麗，好感動。

我想除了能成為家人的依靠之外，喜歡自己也被自己感動也許就是人生最大的幸福。這份創作企劃是為大家而做，希望給大家力量，想不到力量卻回到自己身上。就如同表面上我為家庭付出，最後卻是我在享受自己長出肩膀時的美麗樣子。所以我總是覺得，人生根本不需要追求精彩，因為生活實在太不容易，面對本分，精彩是必然的。必然的就不用追求，因為精彩是在完成本分的過程中必然會發生的事情。

生命就是這麼奇妙，你以為你在付出，其實都是自己在獲得。

如果成功可以定義的話，對我
而言一定是成為媽媽肩膀的那
一刻。

覺得自己微不足道，是因為你沒看到故事後續的發展

當初在臉書上跟大家徵求「家裡給你最感動一句話」，是因為在生活中時常聽到許多人覺得自己微不足道，沒有存在價值。這些我都經歷過，我知道那是什麼感覺，聽了心裡很難過，所以我就希望藉由徵文，讓大家在書寫時記起家裡的疼愛，也希望當你的文字被結合成作品一起帶給大家力量時，能看見你並非自己所想的那麼微不足道。

如果你依然不相信，那可以想想「娘家還在」這來自網友投稿的四個字卻影響了我的家庭，影響了一個你們眼中的藝術家。因為這句話，我媽媽才有機會把自己失去母親時所壓抑的難過釋放；我也才有機會在陪伴媽媽時，看見自己的肩膀可以讓媽媽依靠，同時也更明白了所謂承擔的意義。

一句簡單的話，一個母親得到安慰，一個孩子獲得成長，而這個藝術家到現在依然帶著你的影響，在工作，在生活，在影響別人。所以，你美好心意的一句話，其實都在影響這個社會，這跟你是誰，你的身份，你的職業都沒有關係，你覺得自己微不足道，只是因為你沒有機會看到故事背後劇情的發展。

每個人存在必然有價值，影響沒在你面前發生不代表你沒有意義，最後重要的其實不是你影響多少人，而是你能否影響自己。不要再對自己說壞話，不要把時間拿來懷疑自己，給自己不必要的

打擊與挫敗。如果你真的要想，那就去記得你的幸福，去記得身邊的疼愛，讓自己隨時擁有力量朝渴望的方向前進。

最後會有點嚴肅，但除了給大家信心之外，這也許才是更重要的：我們不要再輕易否定自己。這不只讓我們錯過自己的力量而變得虛弱，但更恐怖的是我們同時也會忽略自己的責任而變得輕浮——因為你不覺得自己重要，也就不會去意識你周遭的生活正在被你影響。

我們的存在是否有價值？在這樣的邏輯下我們都知道答案是肯定的。因此最後我們真正要思考跟擔心的問題反而是：如果一句話都能影響社會，那我們要用怎樣的心意去說一句話，做一件事情？

因為我們有力量，就有責任。

對自己算計，對自己現實

我一直覺得「算計」與「現實」，是功利社會給我們很重要的學習與能力。但也許是因為這兩個字詞太文言而被誤解，甚至被污名化而被認為是種罪惡，我們總是批判與排斥而沒有好好使用它。

若是我他翻譯成白話文，在我心中「算計」就是用最小的動作造成最大的作用力，就像四兩撥千斤，找到適當的支點，就能撐起地球；所謂「現實」就是看清楚環境的樣貌，事情的脈絡與節理，然後用精準的方式回應它，如同庖丁解牛，游刃有餘，解決問題卻不傷自身。這些對於出身貧困資源匱乏的我而言，是解決問題，創造生活很重要的兩個能力。

會想分享這個概念是因為，「學習」這件事看起來很美好，但對於資源不足、時間不夠又要在各種生存問題中疲於奔命的人，他們根本不太可能再額外多花錢、花時間去上課多學習一份技能來解決問題。因為解決問題的方式本身就有門檻，還沒解決原本問題之前，又多了一個問題，這常常讓人無奈又難過。對他們而言，所謂的學習其實是奢侈，是負擔。

我體會過生活的無奈與無助，也知道被現實壓得喘不過氣的感覺，所以總是很希望讓人看見一直在身邊的力量，也讓大家知道很多你想學的，其實你早就都會，想要的能力早你就都擁有了。

你不用為學習感到焦慮，不要因沒時間感到慌張，你要做的只是試著用新的方式使用你早就擁有的能力。

所以特別想談「算計與現實」，這是少數我們會被訓練一輩子的能力，你今年幾歲就被社會訓練幾年。我們要思考不一定是得學更多東西，而是把原本所會發揮到淋漓盡致，就像李小龍說的：「我不害怕曾經練過一萬種踢法的人，但我害怕一種踢法練過一萬次的人。」我們一定都有足夠好的算計與現實的能力，其實學著把這兩股力量用在自己身上，也就是「對自己算計」、「對自己現實」，就能帶來很不可思議的發展，我個人生命的改變與成長就是來自於此。

以我從叛逆離家到回家和解的例子來說，我就客觀盤算過，不論爸媽是否願意改變，我努力過後至少讓我問心無愧沒有遺憾。所以我利用最難以溝通的爸媽，學習溝通與表達；利用爸媽對我的否定，學習對自己方向的堅定；利用與爸媽敗壞的關係，學習修復關係的能力；利用爸媽學習面對情感，讓自己變得自由；我以利用的角度走回家，不只獲得人生所需的各種能力，自己也變得成熟又堅強，儘管跟家人和解不成功，也不會一無所獲，我的生命也不會原地打轉，不論如何必然有獲得。

這是經過邏輯的推演、理性的盤算，知道能有什麼效益，也知道為什麼而努力。在對自己現實與算計之後的選擇，所以能堅定的決定，篤定的實踐，也才能走得長久。

很幸運地，我才努力了十年就能走回家，愛在我們之間再次流動，我們也重新獲得家庭的力量。那年我二十九歲，爸媽也才四十多歲，如果爸媽還能活四十年，那我十年的投資，獲得未來四十年的幸福與力量，真的很值得。反過來說，不改變不行動，就是承受五十年的痛苦，實在太恐怖。所以我回家，我改變，不是因為孝順，不是因為美德，只是因為「改變」是對自己生命最划算的選項。

「算計與現實」不只幫著我走回家，同時也幫助我的工作，因為設計就是解決人類的問題的一個方式，就是為人設想的計畫，是在盤點資源、認清現實然後精密算計後所得到的解方。就像我最匱乏的時刻，我的攝影器材不可能是最好的，也沒有資源去追求高技術的展現，但這讓更專注於自己內心，找到最好的觀點與創作出能讓感動強度超越畫質缺點的影像作品。

「算計與現實」是邏輯思考、是理性冷靜、是分析判斷的能力，不只是功利社會的特質，其實也是人類生存自然而然的機制，是我們身上必然存在的狀態。批判「算計與現實」，也就是批判自己，這樣不只錯過這珍貴的力量，也帶給自己不必要的罪惡感，實在很可惜。

所以，既然這是人類生存的機制，也是功利社會對我們必然的鍛鍊，那就重新看待它——除去它的污名，也免除自己的罪惡感——然後好好利用它，好好讓它在我們生活發揮作用。在抉擇時刻，對自己算計，對自己現實，讓自己找到生命最好的選擇，做出最正確且划算的決定。

世界上能牽手的人沒幾個，如
果身邊有這樣的人，請好好把
握時間牽她的手，因為這是只
有她在才能擁有的幸福。

面對情感
是為了擁有自由

曾經對家人有著憤怒怨恨跟不滿，花了許多年才終於走回家牽媽媽的手陪她買菜，抱著媽媽跟她撒嬌說我愛你。這段回家的路最大的力量不是因為我孝順，是因為我為了自己，是因為我渴望自由。

這聽起來很矛盾，家裡通常不就是爸媽管東管西充滿限制，也曾是我用力逃離的地方，回家跟自由有什麼關係呢？

主要是因為人是情感動物，所以我知道如果沒辦法面對情感，這輩子走路必然要迂迂迴迴、閃閃躲躲，因為不論在家或出門一定會遇到人，只要有人就有情。情感不論深淺都是情，無法面對情感，就很難擁有真正的自由，更何況我現在不學習，當我擁有親密關係或者自己的家庭時，早晚也是要面對。但到那時候迴避情感的習慣已經根深蒂固，要改就變得更困難，我離自由就更遙遠。

我想人生很短，時間有限，要做就儘早才不會錯過，要學就直搗黃龍成長才會快。所以我要趁著生活中情深義重的人還活著的時候，趕快利用他們來學習面對情感、表達情感。

所以我走回不斷逃離的家庭，不是因為孝順，是為了自己。因為不論家人改變與否，收穫的都是自己，而家人活著讓我利用，我對他們就又產生感謝。因為感謝，跟家人也有不一樣對待，彼此情感慢慢開始流動，我也變得可以面對情感與表達情感。這不只讓我更自由，也成為我工作中最重要的能力。

在AI時代，人的情感與溫度是最無法被取代的服務。對我來講，服務不是銷售的手段，而是與人最好的對待——好的對待必然有著情感與心意在傳遞。如果沒辦法面對情感、表達情感，也就很難好好工作。我的工作是創作、是說故事，我一個四十幾歲的男生要講這些心裡話其實很不容易對不對？可是因為我在家裡學會了，也做到了，當我說故事時也可以自然真心地傳遞情感，不用因為害羞彆扭而浪費大家時間與難得相聚的緣分。

所以，回家可以是為了自己，不用為了孝順。會這樣說是因為「孝順」常常讓事情變得很複雜。當「孝順」是為了應該而做，就孝順得很痛苦，不做的話又覺得很有罪惡感。做與不做都辛苦，而我覺得人生已經很艱難，就不要讓「孝順」再增加不必要的壓抑與罪惡感。無法為了家人做就不要做也沒關係，但為了自己好，為了能在充滿情感的人類世界可以更自由，我想至少不要錯過這些情深義重的人還活著的時候來練習。最後我不只走回家，自己變得更自由，也能自在地走進社會好好工作，這樣一舉多得，其實很划算。

為了自己回家，這樣就會甘願，不會不平衡，就可以走得比較長久，也可能因此少掉許多跟家人之間的遺憾。最棒的是，放下了應不應該，最後只是因為感謝而想付出回報，孝順反而發生的很自然，很真心也很美麗。

光一直在來的路上

牧羊少年奇幻之旅這本書中說：「當你真心渴望一件事情，整個宇宙都會聯合起來幫助你。」這句話有人相信，有人懷疑。但我想跟大家保證這句話是真的，因為這就發生在我身上。

我的渴望是想當一個說故事的人，可是如果沒有人聽我說故事，我也無法完成這個角色。所以正在看這本書的你，其實也就正在幫助我，你們藉由閱讀或聆聽，聯合起來幫助我完成這個角色——一個說故事的人。所以想跟大家說，這句話是真的，是會實現的，這發生在我身上，一定也能發生在大家身上。

有人可能會說，我有渴望啊，但一直沒有實現。

那我想跟大家分享一個給我很大鼓勵的科學小常識。

如果太陽是一盞燈，我們把太陽這盞燈關掉再重新打開，大家知道太陽要花多少時間，才能再次把光送到地球嗎？

是八分二十秒！

當時我知道時很驚訝。太陽，這麼強大的能量，傳播速度最快的光，竟然也要花八分二十秒才能再次來到地球，來到我們眼前。那我們急什麼？我想，我們惟一要擔心的是：我們有沒有一直持續渴望，並且一直努力在實踐？如果我們有，儘管現在還看不見光，也不要擔心，因為光，必然在來的路上。給自己一點耐心，相信我們的渴望如同光，在你實踐的同時，你所渴望的事物也一直朝你前進。就如同我堅持成為一個說故事的人，而你們走向這本書，藉由閱讀，幫助我完成我的渴望。

不要擔心沒有光，要擔心的是我們不再相信、不再實踐。藉由自己的故事，希望大家能相信自己的渴望，只要我們努力實踐，光必然在來的路上。給自己一點耐心，如同我們給太陽八分二十秒。

所以謝謝大家聽我說故事，讓我成為一個說故事的人。下一頁的「親愛的加油」代表我的感謝，也希望給大家鼓勵。

有人說，渴望是一股奇妙的力量，我們想什麼就會變什麼。但我不知道為什麼我想的明明是你，卻會變成一隻大鯨魚，不會游泳的我開始在游泳？我不知道為什麼，只是帶著結實累累的果樹，一直游，一直游到你面前時，才發現只是因為我知道一切很不容易，我變成一隻大鯨魚，只是為了過來跟你說一聲：「親愛的，加油。」

渴望就是這麼奇妙的力量，雖然帶來的變化有時跟我們想的不一樣，但帶著祝福的心，總會讓我們變成最好、最恰當的樣子。希望你也能持續的渴望，並且不斷地實踐，相信一定也會有美好的力量聯合起來幫助你，就如同你們藉由閱讀，幫助我完成說故事的人的角色一樣。

親愛的，加油。

第二部

幸福的形貌

女友的情書——剪紙的開始

初心

當初想去學剪紙，除了好奇為什麼他們在困苦的環境，卻能創作充滿祝福喜悅的作品之外，那時把創作當全部的我，也是希望多增添一份創作的配備，多一點競爭力。可是到了那邊，才發現大部分的剪紙大娘想的根本不是藝術或創作，而是藉由剪紙賣點小錢貼補家用，希望在匱乏的環境中，用雙手為孩子帶來一點好生活。原來我所追求且羨慕的創造力背後，是來自母親對孩子無私的愛。

看著他們為愛的人努力，邊剪邊跟我說著每個圖案的祝福與意涵，整個臉上平靜滿足又喜悅，我卻是為創作焦慮不斷想增添競爭的工具。我知道剪紙的技術可以學，但祝福與平靜喜悅的心卻無法假裝。當時我跟自己說：「楊士毅，沒那顆心就不要剪了，把事情做得好看，把話說得好聽，看別人眼光做事我們已經很會了，但騙得別人騙不了自己。我們要學的不是剪紙，而是解除因自卑而競爭的狀態，也許有一天我們也能帶著喜悅的心，創造給人祝福的作品。」

當然自卑一時無法解決，但至少能停下自己個人因自卑所衍伸的行為。所以流浪後，我有七年時間只創作但不發表，同時也暫停從大學開始將近八年投稿比賽的習慣，因為我知道藉由掌聲走不遠，真心熱愛才能長久。而讓人認同只能得到短暫安全感，自卑也不是靠別人喜歡可以解決，惟有明白自己才能擁有真實的自信。那七年，創作不是為了被別人看見，是為了探索自己，慢慢的，創作也回到更單純的狀態，不是為了證明自己或與別人競爭，只是因為真的很熱愛，所以不被看見，沒有掌聲也能往前走。

創作

但是那七年來，我從沒有想過要剪紙，想不到有一天當時的女朋友因為買房子，突然問我：「你當時不是有去學剪紙，你要不要幫我剪一張紙，讓我貼在家裡慶祝新居落成？」我愣了一下說好，她緊接著說：「我的房子要取名好心晴，晴天的晴，相信有好心天天都會是晴天，天天都有好心情。」

我當時愣了一下，不知道自己做不做得到，因為去陝西的時候也沒真的認真學剪紙，但你愛的人都開口了，怎樣也要做出來。那時畫完草圖後就拿著女友的指甲刀開始剪，最後我用兩個喜字環繞著「好心晴」，希望她努力創造的家時時充滿喜悅、充滿愛。

解析

完成後，女朋友看了好喜歡。看到她臉上快樂的表情，我也好開心。這最初的剪紙，雖然不是很成熟，卻有著很重要的意義，因為在流浪者計畫七年後，我動手創作終於不是與人競爭廝殺，而是可以給人祝福，我也更能體會陝西剪紙大娘的作品為什麼充滿溫暖喜悅與祝福。當我們動手做事之前，把愛的人放在心裡面，同樣的雙手，就會創造不同的風景。

漣漪／效應

對了，當時的女朋友，已經是現在的老婆了。這張作品算是我第一次用剪紙寫的情書，看了她開心，又陸續剪了很多張，所以「愛」真的很重要。當你想愛，你就什麼都會了，因為不會，你也會去學，「愛」會引發生命裡的創造力，會讓你看見意想不到的精彩，就像我沒想到從這張剪紙開始，竟然就成為我的工作一直到現在。

「愛」很奇妙，看似給出去，但最精彩的一切其實最後都是綻放在自己的生命裡。

年獸——理解是幸福的根本

初心

「給人幸福」是我創作或說故事的核心與出發點，但怎麼用工作給人幸福呢？這概念有點抽象，我以自己創作的「年獸」的剪紙故事為例。

除夕時年獸會跑出來破壞村莊抓小孩，我們要施放鞭炮來驅趕，而且是紅色的，後來就變成過年喜氣洋洋、熱熱鬧鬧的氣氛。這應該是大家聽過的年獸的故事，但因為我跟年獸比較熟，我幫牠寫出真正的版本。

真正的版本是這樣的。

創作

年獸，每一年都會用最柔軟的心，扮演最兇猛的角色，把每一個忘了回家的孩子趕回家，所以當年獸聽到鞭炮聲響起時，牠知道那是我們的大人在用暗號偷偷跟年獸說：「年獸，謝謝你，我們的孩子回來了。」

年獸只要聽到鞭炮聲，就會開心回家過新年。

這個故事是想要獻給，所有被誤會、被誤解都願意繼續去愛的人。

我一直都覺得台灣的人都很善良，我們都不是不想愛，但都愛得很挫敗，只是因為沒有溝通、沒有理解，因此不知道怎麼好好去對待。如果我們能多一點溝通，理解彼此的心意與需要，那愛我們的人可以更有方向不會愛得這麼辛苦，需要被愛的我們也能更沒阻礙，在當下獲得幸福。

解析

這就是我用工作給人幸福的方式，動手做事時想的不是藝術，而是把人放在心裡面，讓大家的需求帶著我的雙手工作。這個故事的出現不是因為創作的渴望，而是來自大眾的指引，我只是一個傳遞的工具。對我而言所謂「設計」的白話文就是「為人設想的計畫」，所以我常說社會大眾就是我的創意總監。創作前我總是閉上眼睛想著大家需要的幸福，然後再像一個管道或者一台列表機一樣，把我所看見的美好畫面用雙手輸出或列印出來給大家，這樣我就可以給人幸福，也跟社會說謝謝。

希望這個故事能讓大家記得我們身邊的年獸，可能就是我們的爸媽或親朋好友，當然你自己也可能就是別人心中的年獸，被討厭也願意為了守護你愛的人而扮演不被喜歡的角色。只是儘管相愛，但被誤解也都不好受，所以如果在生活中，你也有彼此相愛卻因誤解而產生距離的關係，能願意試著再去溝通，再去理解，讓彼此的愛可以沒有阻礙再次流動到彼此的心裡。

漣漪／效應

最後，分享一件在相同概念下所創作的作品「門神爸媽」：爸爸是大樹，媽媽是花朵，從小他們用著不同的方式疼愛我們，而為了替我們守護幸福，隔絕外來的傷害。他們也常常變得兇兇的，不只嚇走壞人，也讓我們害怕得不敢靠近，甚至到後來忘了他們的可愛。

但不論我們怎麼誤會與疏遠，他們依然用不變的心意，站在同樣的地方為我們守護幸福、隔絕傷害，只是當我們還小時總是自然地把我們抱在懷裡，當我們長大後，他們卻不知道用什麼方式再次走到我們身邊。我們的門神爸媽慢慢從守護，變成守候。

擁抱是生命最初的動作。我們是被擁抱迎接到世上，也在擁抱中被呵護到長大，只是長大有時很奇怪，從小就會的事情，到了長大卻忘記。所以我剪下這對我們每個人都有的門神，剪下他們因我們而歡喜滿足的可愛模樣，剪下我們曾被他們擁抱在懷裡的幸福時光，希望大家不要被他們難以親近的樣子欺騙或嚇到。我們爸媽不只是大人也曾經是小孩，我們需要的，他們也都需要，他們在那裡不只在守護，也在等待。他們年紀大要改變不容易，我們年輕力壯比較好調整，有空就走過去好好擁抱他們，一起在這生命最初的動作裡，記起彼此的可愛。

鳳凰的祝福
——把台南帶去大阪

初心

台南又稱「鳳凰城」。好奇之下查了資料才知道有個原因是當時台南種了很多鳳凰樹，但令我印象深刻的是一個神話般的典故：台南東邊為丘陵地形，形狀如展翅的鳳凰，形成充滿生氣盎然的鳳凰穴，造就了台灣第一個城市，我們稱之為府城，又叫鳳凰城。傳說當時人們為了保持府城興盛不衰，就在鳳凰眼睛部位鑿井，在頸部設下網狀街道，讓鳳凰看不見、飛不走……

典故到此就結束，看完後心裡有點難過。我想我們都曾因為失去的恐懼，而傷害了愛我們的人，因此我將典故延伸，寫成一個新故事。

創作

有一隻鳳凰在宇宙間旅行。鳳凰是風，是氣流，所到之處必然會因此繁榮，所有的人都在召喚鳳凰來到自己的星球。這次鳳凰來到地球台灣台南後，為這片土地帶來生生不息的氣流，讓台南成為一座繁榮城市，只是同時間其他星球的人們也在一直在招喚著鳳凰。

府城的人們因為害怕失去，為了防止鳳凰離開就在她身上鑿井撒網，鳳凰卻因此受傷，府城內原本行船運貨的河道開始淤積泥沙，府城也跟著沒落。當人們因受苦而去找鳳凰，卻看到鳳凰依然鼓動翅膀，還在不停地用微弱的氣息努力為大家帶來氣流時。大家這才知道原來鳳凰在來到台南的第一天，就不想再離開了。

這時人們才發現因為自己害怕失去的恐懼，忘了感受鳳凰那不變的心意，造成傷害與遺憾。於是人們開始回頭照顧一直呵護著台南的鳳凰，好好地與鳳凰在以她為名的鳳凰城裡生活，也學習善待來到我們身邊的每個人。幾百年後，對身邊的人善待成為台南的文化，而在現代，我們稱之為人情味。

這個故事其實也是寫給自己。從小因寄人籬下形成的自卑心態，這讓我始終有種自己不好就會隨時會失去或者被丟掉的恐懼，恐懼到無法好好感受身邊的人——你以為她想離開，但對方其實一心只想留在你身邊，卻不知道如何讓你相信。多少的遺憾都是這樣發生，這不只在愛情，而是會發生在所有的情感關係中，因不信任自己而懷疑身邊的人，最後造成傷害，失去原本可以美好的關係。之所以寫下這個故事，也剪下我們與鳳凰在鳳凰城裡過生活的樣貌，是為了要互相關心與彼此照顧的美好時光——提醒自己，不要因為恐懼，而忘記那最初相遇的幸福，那只要能在彼此身邊就充滿喜悅與滿足的時刻。

解析

這件作品是二〇一五年台南市政府觀光局因為與日本大阪城市交流，邀請我與日本朋友分享我們在台南的美好。那天有「土溝」農村青年黃鼎堯、陳昱良分享著農夫是藝術家，農產品是藝術品，整個農村就是美術館的想法，他們用十多年的深耕行動只是想告訴大家，愛農村挺農民；「奉茶」老闆葉東泰大哥，不斷地以茶在國內外推廣著「台南生活文化」。然而在葉大哥心裡，「奉茶」最重要的始終不是「茶」，而是「奉」，是人與人的連結與單純的善待，才是台南；莉莉水果店李文雄老闆，說自己被台灣水果養大，於是自費出版刊物，籌設水果文化館，只為了跟大家說一句「吃果子，拜樹頭」，數十年來，不論對水果與土地，每個動作都是感恩。這一切是由當時的台南觀光旅遊局，王時思局長與風尚旅行的游智維串連起來，他們用好幾個月的規劃，帶著我們一起把台南帶到大阪。

當時我的工作就是創作「鳳凰的祝福」，讓大家在鳳凰樹下說故事，一起將台南款待的文化傳遞給大阪的朋友。我分享的台南鳳凰城故事，是一座鳳凰放下飛翔，用她的羽翼守護城市的故事。她讓我們懂得擁有力量的意義，不是為了競爭，而是為了帶給身邊的人幸福，這就是台南充滿溫暖人情的原因。

漣漪／效應

那次的城市推介會，感動了現場許多人，好多大阪朋友因此跑來台南旅行，然後又帶著更深刻的感動回日本。為了回應這份珍惜與熱情，隔年觀光旅遊局又再次帶著不一樣的台南到了大阪。一份美好關係的循環，就在彼此珍惜與善待中延續，很開心這份城市之間珍貴的情誼，我也能參與在其中。

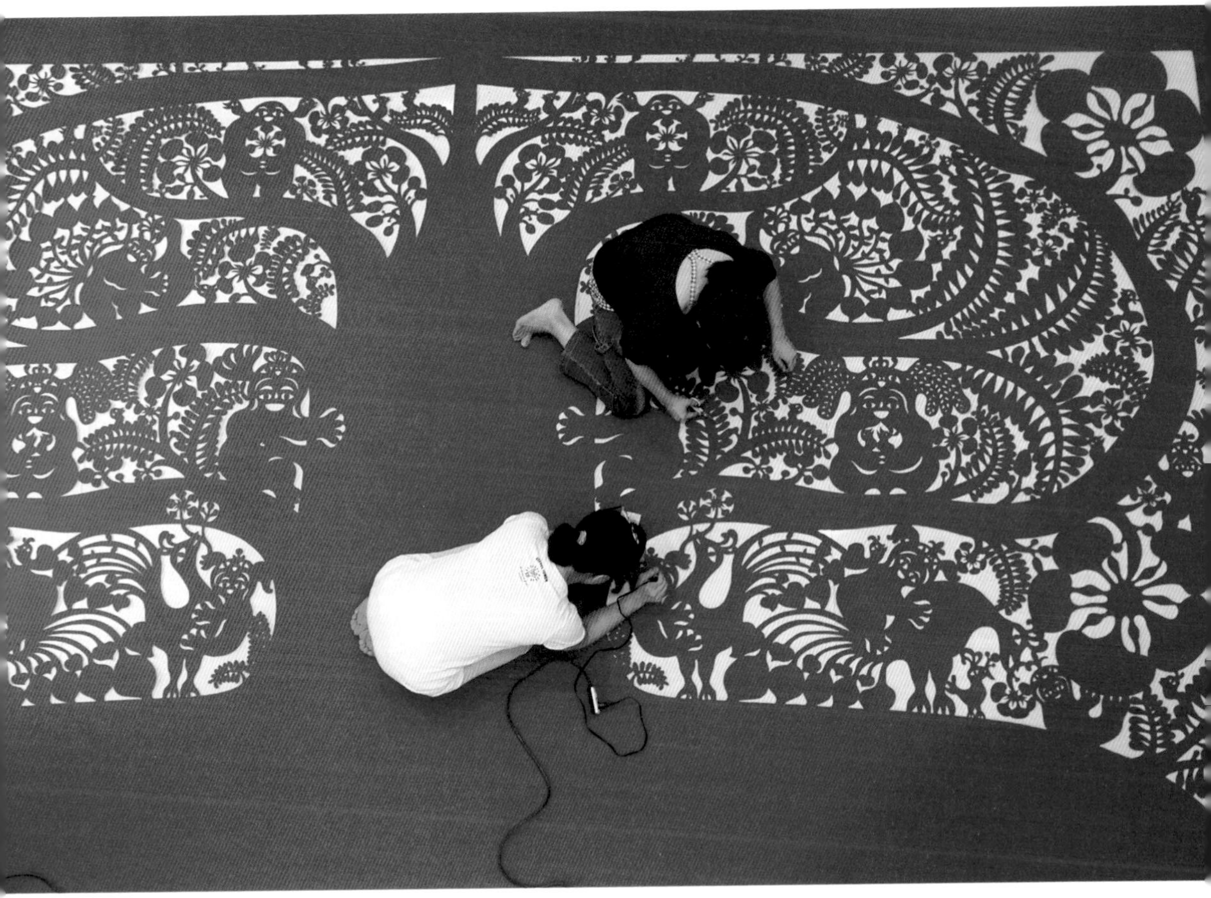

回家讓花開——讓家變成燈

初心

我有許多作品常常會談到家，因為常看到許多人因挫折失敗而覺得人生沒意義，或者因友情、愛情出問題而認定自己沒價值，然後就不斷自我否定，最後失去生活動力，讓人看了難過又不捨。雖然我希望自己的作品能給別人力量，但我也知道對每個人而言我只是擦肩而過的陌生人，偶爾出現的作品根本不可能給別人足夠而長久的陪伴，所以最美好的方式就是提醒大家一直想起在自己身邊的幸福。

創作

所以當二〇一七年台北燈會第一次找我創作花燈時，那年是雞年，而「雞」的台語剛就是「家」，我就想著不要做一個只是從外觀看的傳統花燈，而是直接來幫大家蓋一個「家」——這個花燈裡有大樹，有庭院，有木地板可以席地而坐，還有開滿了花朵的全家福大型雕花，最後構成一個十二米寬，六米深，四米高的「家」。這麼大的花燈，裡面只有兩盞小夜燈，因為家裡的燈重要的不是有多亮，而是讓你知道有人一直在等待。

解析

讓家變成燈，是希望大家記得燈節一年才一次，但家裡的燈一直為你亮著。而這個作品要你走進來才完成，是因為我想跟你說：這個家因你才完整，你就是家中最重要的風景，不論你在外面怎麼樣，不要輕易覺得自己不好。不論別人怎麼看你，永遠都要記得在某個地方，你是全部的意義。另外，我覺得家裡的話是心裡的光，簡單一句關心的話，都可以給彼此很大的溫暖，所以我也在網路跟大家收集家裡給你最感動的一句話刻在家的圍牆上，希望看作品時能帶走一句家裡的力量。

作品完成後，在燈會尚未開幕前，我辦了導覽，活動免費，但要門票——說一件家裡給你最感動的一件事。為了來參加，大家自然會回想家裡的故事，再回想中就會記得一直在身邊的關愛。

去幸福
吧，我們
就在這

漣漪／效應

那天來的人擠滿「家」中小小庭院，每個人輪流說故事。其中有人說：「其實我一直不覺得家裡給過我什麼感動，我只是想來參加導覽。」這引起現場一陣笑聲，他又接著說：「但為了拿門票我用力想，竟然還想到了，才發現家裡不是完全不好，只是我不想去想，不想去看。謝謝你辦這個活動，我會試著用不同的角度去看待自己的家。」

其中印象最深刻的是，有一組朋友是三代同堂一起來，女兒、媽媽跟阿嬤。女兒留著眼淚謝謝媽媽一直對她的疼愛與支持，而媽媽則是對著坐輪椅一起參加活動，將近八十歲的阿嬤說：「媽媽，妳記得小學時我要參加合唱團，演出時需要買一條藍色百褶裙，因為一件要五塊妳沒答應？當時我很失望很難過，但演出前一天妳沒睡覺自己用裁縫機連夜趕工到早上，幫我做出了那件藍色百褶裙。」講到這裡已經熱淚盈眶講不下去，女兒則在旁邊抱著她，她調整一下呼吸才繼續說：「媽媽妳還記得那條藍色百褶裙嗎？媽媽，謝謝妳，在以前什麼都沒有的時候，妳卻一直用盡全力帶給我生活的一切。」最後她們一家三代抱著彼此說感謝，讓現場所有人都好感動。當下也有人說這張活動門票是家裡給的，今天聽見大家分享的故事，自己也要回去說給家人聽。我覺得能在過年看到一家三代擁抱的畫面，每個家裡的感動也成為溫暖且啟發彼此的力量，就是這次創作最大的滿足。

家一直是我創作的主題。一方面自己從怨恨、憤怒到愛與感謝，花了十年走回家，我知道憤恨的痛苦，也知道再次相愛的幸福。我知道家庭是力量開始的地方，當然也可能是傷痛發生的所在

——是力量很好，若是有傷就當成學習面對關係的教室。畢竟生命是由各種關係所組成，今天不是在家裡練，就是到外面磨，早晚都要學，就利用這生命最初而且閃不掉的關係，學習溝通，理解，接受，放下，讓自己擁有一身創造生命各種美好關係的好武藝。

再來，談家是因為我們都希望社會更好，但好像很無力不知道怎樣才能改變。主要是因為社會是一個抽象不具體的存在，群體不斷流動就像水一樣，所以你很難下手。長期出拳打水，最後會無力、會感到挫敗，但如果我們停下來想一想，就會知道社會裡的人都從我們每個人的家裡來，如果覺得社會有問題，也可以回頭看看自己的家顧得好不好，或者關心就在身邊的人。因為家是具體不太變動的單位，所以只要你願意努力，都可以有出力的地方——從根本做起，照顧好家庭，就是為社會努力，記得根本就會記得，你有力量，你有意義。

最後也附上這件小作品《回家讓花開》。開花大樹上住著幸福的人，想跟你分享：

家是一棵樹
會開花不是因爲春天
是因爲相愛的人在身邊

人間最美好的時節
不用等待四季的安排

你是春天
你是繁花盛開的原因

有閒來坐——與蘋果公司的合作

初心

常在生活中聽到很多人說台灣是鬼島，心裡總是很難過。如果社會有問題可以檢討與反省，但用一部分的社會問題，將整座島嶼粗魯定義成鬼島，對一直在台灣努力的人以及美好的事物很不公平。更何況批評抱怨不會解決問題，惟有意識到自己就也是社會的一份子——好與壞我們都有責任——也許就會在抱怨之外，也想想自己能做什麼，然後用創造性的行動，讓社會漸漸變成你喜歡的樣子。

創作

這個想法，想不到因為跟美商蘋果公司合作，而有機會表達。

蘋果公司每當要到新的地方開設第一家Apple Store時，都會尋找當地藝術家來為他們做開幕裝置，背後的意義是對當地文化的尊重與欣賞，這給我很大的感觸。我們是否也該對自己的文化有同樣的看待？能不能不只是不斷羨慕別人或者向外追求，也能更有自信地生活出自己的樣子？否則當別人有心想認識我們，卻找不到「當地」，我們也看不見自己，就太可惜了。

蘋果公司調研了台灣近二十位藝術家，最後找上我。他們說在蘋果企業總部有一句話，「希望在離開世界之前，世界有因我們變得更美好」。而他們知道我創作不是為了藝術，是為了給人幸福，覺得理念一樣，所以選擇我。他們希望用我的作品結合Apple產品，以「有閒來坐」為主題創作，並在開幕當天跟邀請來的一百多位媒體記者分享。

當時我很開心，不只因為可以跟國際品牌合作，更因為主題是「有閒來坐」。這是台灣獨有打招呼的方式，在國外根本不會因為你路過就隨便邀請你進家門。對我而言「有閒來坐」代表著善意與相聚的期待，才會願意打開家門歡喜邀請，不怕麻煩只為了與你相聚與分享。我就很希望在當時不斷說台灣是鬼島的社會氛圍中，藉由當天一百多位媒體記者傳遞一個簡單的想法：人與人相聚的方式決定了社會的樣貌，我們渴望怎樣的社會，就用怎樣的狀態走到彼此面前。我這樣說，大家可能會覺得我很為社會著想，這常常讓我很不好意思，老實來說其實我是為自己，因為我們的家人朋友都在這個社會裡，社會好一點，我們愛的人走進去，我們也會安心一些，所以其實看似為社會，其實都是為自己。而我惟一能做的就是藉由我的工作——這個連結世界的管道，來為自己在意的人努力。

解析

所以我以大樹為主視覺，除了呈現人們坐在樹下相聚分享的情境之外，更因為在我心裡，大樹總是創造空間而非佔有空間，成長自己也滋養別人，美好環境因為她的伸展而擴大。我想如果我們在心裡放棵樹，用大樹的方式對待身邊的人，社會一定會很不一樣。

我把大樹當成一個家，一個活著的建築，每個枝幹與枝幹之間就是一個隔間，人與動物就在裡面居住與生活。作品從一棵樹開展成一座樹林，裡面有貓頭鷹、獼猴、山豬、黑熊、石虎，有與朋友爬樹嬉戲玩躲貓貓的童年，有媽媽抱著我們在懷裡或者躺在她腿上睡覺的時光，有許多人與人相聚的幸福時光。構成這七十五公尺長的雕花作品，同時結合燈箱，藉由雕花鏤空、透光的特性，讓每次點燈時，將幸福的畫面都隨著光照亮來到這裡的每個人。雖然這七十五公尺的作品只是大家人生中短短的一段路，但希望這七十五公尺的陪伴，讓大家邊走邊看，在辛苦時能因記起有過的幸福時光，在挫敗時對生活依然有嚮往，在受傷時對生命依然有相信，在困頓時都能隨時找回力量。

這次的合作，Apple希望我能將他們的產品結合進作品中，這其實並不是複雜的要求，但我發現隨著3C產品的發展，人與人的溝通反而變得更少，漸漸造成冷淡疏離的社會現像。再加上現場有許多媒體會報導，這讓我覺得不能單純呈現產品，而該強調科技發展的本質。所以創作時，只要有出現Apple產品的地方，旁邊不是有人物，就是有動物與植物，大家在自然中互動探索，彼此交流。而我在記者會上，介紹作品時就藉此分享這個概念：科技不是為了讓我們封閉在原地，而是儘

管我們在家中，也能看見外面有美好的人事物值得我們走出去。

當Apple要我介紹當時最新款iPad所新增的回復功能，那對於製圖者而言相當好用，就是兩指同時敲打螢幕，就能讓前一個筆畫消失，而若反悔，三指同時敲打就能讓剛剛被消失的筆畫回復。我知道如果只是這樣介紹產品功能，就可惜了藉由媒體傳遞美好理念給社會的機會，我又想了很久，終於想到了結合的方式。那天我一邊用iPad一邊畫圖一邊分享：剪紙，是種無法回頭的創作，每一次都要很小心，但小心過頭就變成了恐懼，而恐懼就會阻止人類勇敢前進。幸好而這個回復的功能，讓我不用害怕犯錯而卻步，反而能在勇敢嘗試中不斷創新與前進，而這就是科技發展的意義。

這些都不是因為Apple要求而做，而是因為希望帶給社會力量而設想，所以當時蘋果公司的人聽了都很驚喜，覺得我怎麼比他們的員工還會介紹他們的產品，竟然說要邀請我到北京教他們員工說故事。當然為人設想不是為了帶來這些發展，因為帶給人幸福歡喜的當下，我們已經得到滿足。其他的都只是附加的，有的話很好，沒有也正常，不用為了期待機會而做。平常心，路才能走得長遠，真心，緣分自然能長久。

有

漣漪／效應

這次合作，因為是跟Apple合作又創作出世界最長的手工雕花作品，在當時是滿受注目的一件大事，許多媒體都來報導。而如果這算是件「大事」，那我更想藉由這次經驗跟大家說，「大事」其實是一個騙人的概念，生活根本沒有大事可以做。就像我接下這個工作後，也就是趴在地上一公分、一公分慢慢地刻，慢慢地雕。我每天都在做小事，生活根本沒有大事，只有累積。我們不應該強調做大事，這讓人好高騖遠，讓人忘了看重當下的每一步，最後反而錯過本來該在你生命中發生的美麗風景。

所以當記者訪問時問我未來有什麼計畫，我總是說：「我沒有計畫也無法計畫，因為我根本不知道之後誰會來找我合作。我惟一能把握就是，不論未來做什麼，都帶著同樣給人幸福的初心，好好完成手中的工作。」

《有閒來坐》這件作品裡的幸福畫面，能讓大家在辛苦時能獲得力量，為自己的生活，也一起為我們渴望的社會努力；而自己跟Apple合作的故事，則是能帶給大家一點鼓勵——不用急著走向世界，找到方向，堅守初心，世界也會走向你。

We Are Here
Lighting Up Taiwan

大魚的祝福
——島嶼對我們的疼愛

初心

從二〇〇〇年政黨輪替開始，整個台灣社會因為政黨對立處於不斷爭吵與撕裂的狀態，那時我才剛上大學，好像小時候看著大人在吵一場我們看不懂的架。八年後再次政黨輪替，政黨惡鬥情況越來越嚴重，人與人之間也因支持對象不同而產生敵意。政治人物互動的方式，其實也是一場對大眾的社會教育，影響著人與人之間的對待方式。那時候我就覺得很難過，兩黨為了各自立場互相爭吵，都說為了台灣，但吵到後來卻忘了根本，忘了溝通，忘了我們在同片土地，最後只剩下爭執的聲音，整個社會氛圍也跟著受影響。我一直想著每個人雖然不一樣，但難道沒有什麼共同的目標，是大家可以攜手努力的嗎？

突然有一天我在看書時，翻到荷蘭人雅各布・范・布拉姆（J.Van Bram）在一六三六年所繪製的台灣古地圖。它跟我們現在看到垂直的台灣地圖不一樣，其中的台灣是水平橫躺，就像一條在海裡的大魚。我看著古地圖說：「台灣，如果妳是一條魚，為什麼不游走，為什麼要躺在這裡讓我們踩在妳身上？」地圖上的台灣安靜不說話，而我看著被海洋環繞的台灣，心想也許是因為這條大魚希望我們在汪洋大海之中，有個立足之地、棲身之所，所以她放下自由化身島嶼，乘載在海洋上的我們。我想這就是這座島嶼對我們的疼愛，在我們什麼都還沒做之前，就把我們承載在她身上。不論你是誰，只要你來，她都願意來承載。而既然她都不分你我了，為什麼我們還要分彼此？我們不應該只是在她身上吵架，應該想一想除了對立之外，能不能讓這座島嶼成為我們共同努力的方向。

創作

年輕的我也不知道能做什麼，所以就把這個心情寫成一個童話故事：《大魚的祝福》。

很久很久以前，我們的海洋有很多的魚，其中有二條魚特別大，大到幾千幾萬人都可以上到牠們的身體。牠們藉由海洋在世界旅行。

海面上有許多漁船在捕魚，他們希望有天能捕捉到這兩條大魚；海的另一邊則有許多海盜船在追著漁船。漁民想要捕魚，海盜想搶漁民，有一天他們在海上相遇，一邊要掠奪一邊要反擊，雙方都拿出武器彼此攻擊。就在他們打得不可開交的時候，海底這二條大魚突然浮出海面。

雙方人馬看到這二條大魚，都想要抓到她們，於是轉移攻擊目標，開始攻擊大魚。龐大的大魚只要一甩尾就能打翻許多船隻，但她們只是加速離開沒有反擊，過程中其中一條大魚被武器打傷，另一條就趕快帶著受傷的大魚往深海裡潛下去，終於遠離武器的攻擊。

海面上的海盜與漁民，雙方人馬失去了原本攻擊的對象，又開始彼此攻打。此時突然天色大變，所有船隻在狂風暴雨中都翻覆了。每個人都在海面上載浮載沉，看不出誰是漁民誰是海盜，大家都在受苦，生命岌岌可危。

那二條大魚在海裡休息，其中一條大魚看著海面上浮浮沉沉的人們，眼神感覺很不捨。她的朋友知道她想上去，就游到面前擋著她，但她的眼神讓同伴知道她的決定。她們依偎著彼此簡單告別後，其中一條大魚就趕快朝著海面游上去。

當大魚浮現在驚濤駭浪的海面上，大家想說慘了，死定了，那條他們之前攻擊的大魚回來了。但當大家都還在害怕時，想不到大魚就側身一躺然後動也不動。大家還在納悶這是怎麼回事的時候，又看到大魚大大水水的眼神釋出著善意，像是要他們趕快爬上她的身體。一些即將溺斃又無計可施的人開始往大魚身上爬，其他人看到後，也紛紛地爬上大魚的身體。當大家一個個爬到大魚身上時，大魚的身體也慢慢變成土地、變成山脈，變成一座島嶼，也就是我們的台灣。

這條魚也沒有再離開，而我們也終於在汪洋大海中有個地方可以安身立命，一直生活到現在。

當初寫這個故事只是希望讓大家意識到，在大海中其實只要有個浮木我們就會很感激，更何況有條大魚願意化身土地來承載，而我們都在同一片土地，是否能記得島嶼對我們的疼愛，一起為她來努力。

沒想到十年後有機會在台南安平創作一個裝置作品。安平其實是一個鯤鯓——海上沙洲。當初被人們誤以為是浮在海面的大魚所以稱之為「鯤鯓」，而台灣在外海看過來也像海上大魚，在以前也被稱之為「鯤島」。另外，安平古名是「大員」，台語唸起來就是「台灣」。台南安平，是鯤鯓，也是台灣名字的由來，在這裡創作「大魚的祝福」是再適合不過了。

創作時我就想我們生活在台灣這片土地上，但不一定意識到島嶼對我們的疼愛，所以我就想呈現有一條隱形的大魚在守護著我們，而台灣就是她的心。我們就住在台灣的心裡面，我們每個人都

是她的心肝寶貝，那我們就該彼此包容，而非互相傷害。想法不同時，可以溝通而非爭吵對立；面對問題時，可以攜手合作而非互相打擊。

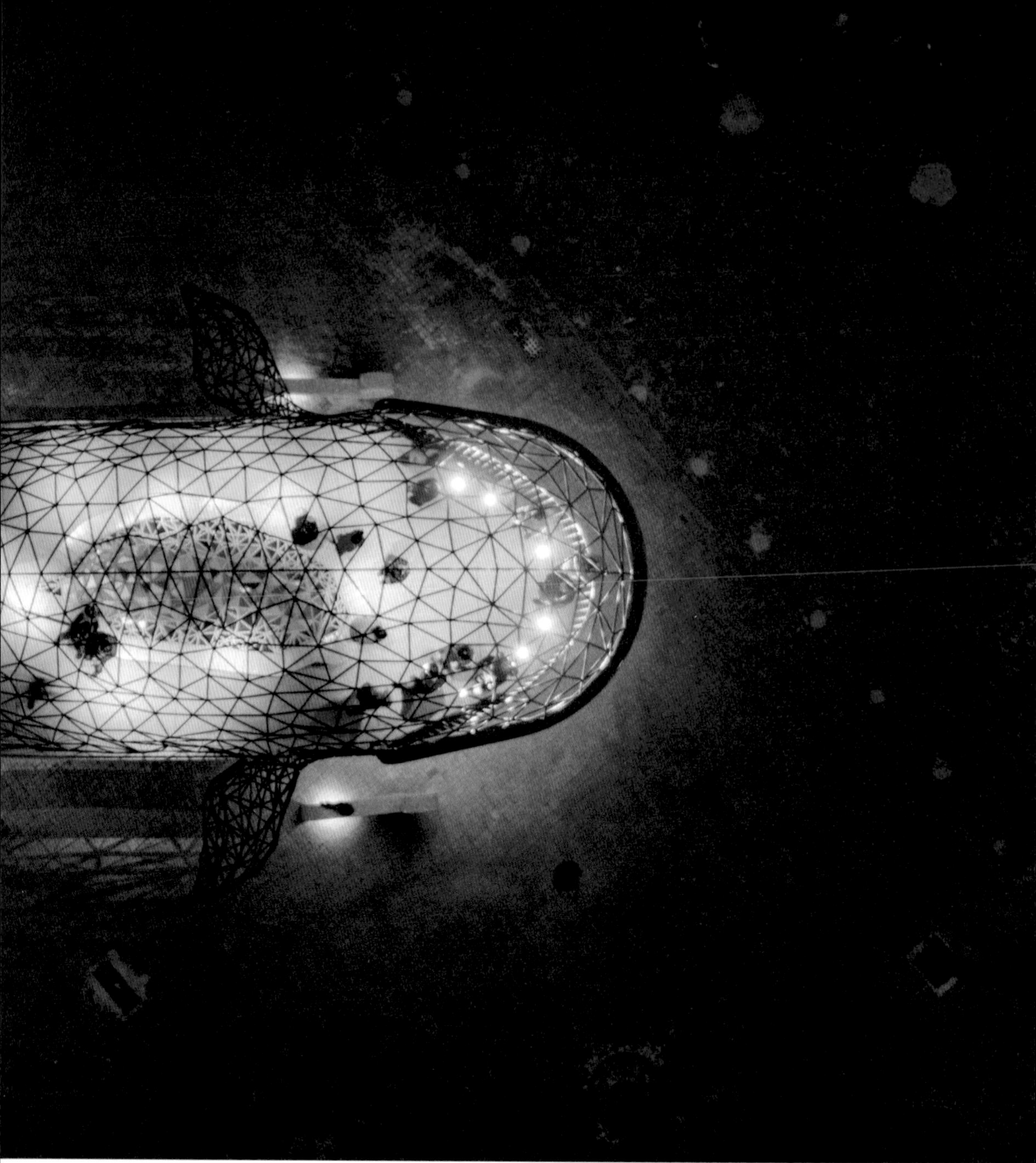

解析

為了呈現隱形的大魚，我們用三千七百多根不鏽鋼管形成的網狀結構，來構成大魚隱約的輪廓。為了呈現大魚的承載與疼愛，從一開始我就不希望這只是一個裝置，更是一個空間，人們可以走進來，感受被擁抱、被呵護，可以休息沈澱、相聚分享的地方。

最後作品長二十三公尺、寬十公尺、高八公尺，中心是一個以彩色玻璃組成的台灣，象徵著這片土地因包容而繽紛。兩邊腹部用線條構成階梯狀座位，讓大家可以坐在彩色島嶼下相聚聊天，而兩層樓高的設計是為了創造三個視角。走在一樓，台灣在頭上，我們仰望被我們踩在腳下的土地，是尊重；到二樓，台灣變成在視線下方，你會低頭，代表感謝；二樓以台灣為中心有個小小環型步道上，當你抬頭，自然會看到身邊的人，會記得我們都生活在同一片土地，應該彼此包容與善待——就像我們島嶼，不論你是誰，不論你從哪裡來，她總是沒有分別地接納，那我們也不該分你我，儘管大家從不同地方來，但可以為同一片疼愛我們的土地來努力；這個作品在安平漁人碼頭也形成一個瞭望台，當我們在這裡看向港口與海洋時，能想起在汪洋大海中，有這片土地承載的幸福。

我是一個做平面剪紙的人，做出一個幾乎像建築一樣的空間裝置，除了是希望能呼應故事背後的情感之外，更重要是我知道所謂的「文化」，就是一群人長時間與一個環境互動所形成的行為模式與生活方式。那如果我創造一個空間，一個讓事件、讓故事發生的容器，久而久之它也許也能形成一個被大家分享、交流的生活文化。所以作品對我而言，其實就像是一個石頭——創造石頭只是手段，而目的是創造漣漪、創造美好的連鎖反應。

漣漪／效應

作品完成後，果然成為許多人聚集的地方，尤其在假日有演奏會、有人唱歌、有人在這裡浪漫求婚，也有國小老師帶著孩子來導覽說故事，許多小朋友聽完後竟然仰頭看著台灣，大聲地喊著：「台灣謝謝你。」

聽到孩子對台灣的感謝很感動，因為感謝都源自於愛，而我們都知道愛很簡單，但很不容易，不是說說就可以。為了可以去愛，我們必須長出能力，而這就是學習成長的意義。學習不是為了與人競爭，是為了有能力去愛人，所以我一直覺得感謝是生命力量的來源，也是許多美好循環的開始。

二〇〇八年，《大魚的祝福》先從故事開始，像一顆放在心裡的種子。很開心它可以在十年後，二〇一八年從我們的土地長出來，這讓我覺得不論外在環境如何，只要心中懷抱著美好種子，儘管一切尚未發生，你也並非一無所有。有心願、有渴望，就有動力，每一天的努力都是對自己的灌溉。有一天你會發現，你自己是撒下種子的播種者，也是種子開花結果的土地。

當然堅持的路上都很不容易，希望《大魚的祝福》能分享給更多人，不是為了讓大家認識我，而是希望更多人知道島嶼對我們的疼愛。也許當你獨自走在自己人生的道路而感到孤單無助時，只要想起這個故事，你會知道你不是一個人——我們的土地，我們的島嶼一直陪著你，疼愛著你。

伯公的祝福
——安靜的長輩，永恆的疼愛

初心

在新竹縣文化局找我去新瓦屋創作前，我沒去過新瓦屋，也不知道現在高樓林立的竹北以前叫六家，原本被稱為新竹穀倉。自古流傳一句話「六家熟、新竹足」，在十多年前新瓦屋周邊都還是農田，後來因為城市建設而完全消失，只是我沒想到就連新瓦屋這兩百多年歷史美麗的客家聚落，也差點因為開發被拆掉，最後在當地有心人士的捍衛下而成為「新瓦屋客家文化保留區」。

農業時代，人們與土地有著密切的互動與情感，後來在追求經濟與城市發展的潮流下，土地的概念變成開發與交易。原本隨四季脈動的地景，變成堅硬的大樓、固定的景觀，我們慢慢忘了土地是生命、是生養。為了讓孩子記得與土地的關係，新瓦屋不只保留了歷史建築，也保留一片農地，讓孩子有機會踏進土地親手種植稻米，感受祖先與土地之間的關係，也感謝土地的生養。

創作

客家人對於土地的尊敬與感謝，從他們稱土地公為「伯公」可以感受。生活中的「伯公」就是祖父的哥哥，我們稱土地為「伯公」，也就是對客家人而言，土地不只是屋外的田地，更是家中慈祥的長輩，值得我們尊敬與感謝，因此在客家稱之為伯公。

只是這個長輩太安靜，不然就只是窩在樹下或路邊小小的空間裡，實在安靜到讓我們忘了意識到他一直以來的付出。我希望在這次創作時，呈現我們的土地像家中慈祥的長輩，把我們抱在他身上過生活，不論我們在他身上做什麼，吵吵鬧鬧、蹦蹦跳跳，他也總是笑呵呵。為了養育我們，他每年都用豐收的稻穀來滋養在他身上的我們，只是他實在太安靜，安靜到我們幾乎忘了他的存在。

解析

所以這次我們創作出十二公尺約四層樓高的伯公，架在保留在新瓦屋裡的那片農地前，讓大家在這一次可以抬頭仰望一直被我們踩在腳底下的土地——看看他是怎麼擁抱我們，看看這份在我們什麼都還沒做之前就先付出的疼愛，也許就會記得感謝，記得善待。

小時候我在雲林農村長大，也都曾在田裡跟大人一起工作，而長輩彎腰插秧一直是讓我感動的身影。每次彎腰都如同向土地鞠躬，好像告訴我，感謝不是收穫時才發生，而是要帶著感謝走到豐收的那一天。所以除了伯公之外，我也把園區的池塘當水田，做了一個彎腰插秧的農夫，讓大家看見「感謝」是我們在土地上活動最美的樣子。

漣漪／效應

當然現代人跟土地已經沒有那麼密切的關係，很難像以往農業時代對土地有這麼深刻的感謝。但話說回來，土地並非真需要我們感謝與善待，反而是我們的生活，我們的家園都建構在他身上，所以一旦土地有問題或者環境被破壞，我們所建構在他身上的一切生活，也都難以延續與存在。因此，善待土地，其實都是為了自己，我想這也就是環保的意義。

看著新瓦屋四週環繞的現代大樓不斷逼近與生成，讓我覺得其實創造新事物並不難，難的是延續原本美好的一切——新瓦屋能保存下來，來自對過去的珍惜與感謝。我知道很多事情回不去，不可能將大樓打掉變農田，當然時代可以改變，但這份心意不能失去，因為我們渴望的美好生活，以及幸福的關係，一直需要這份感恩與珍惜來延續。

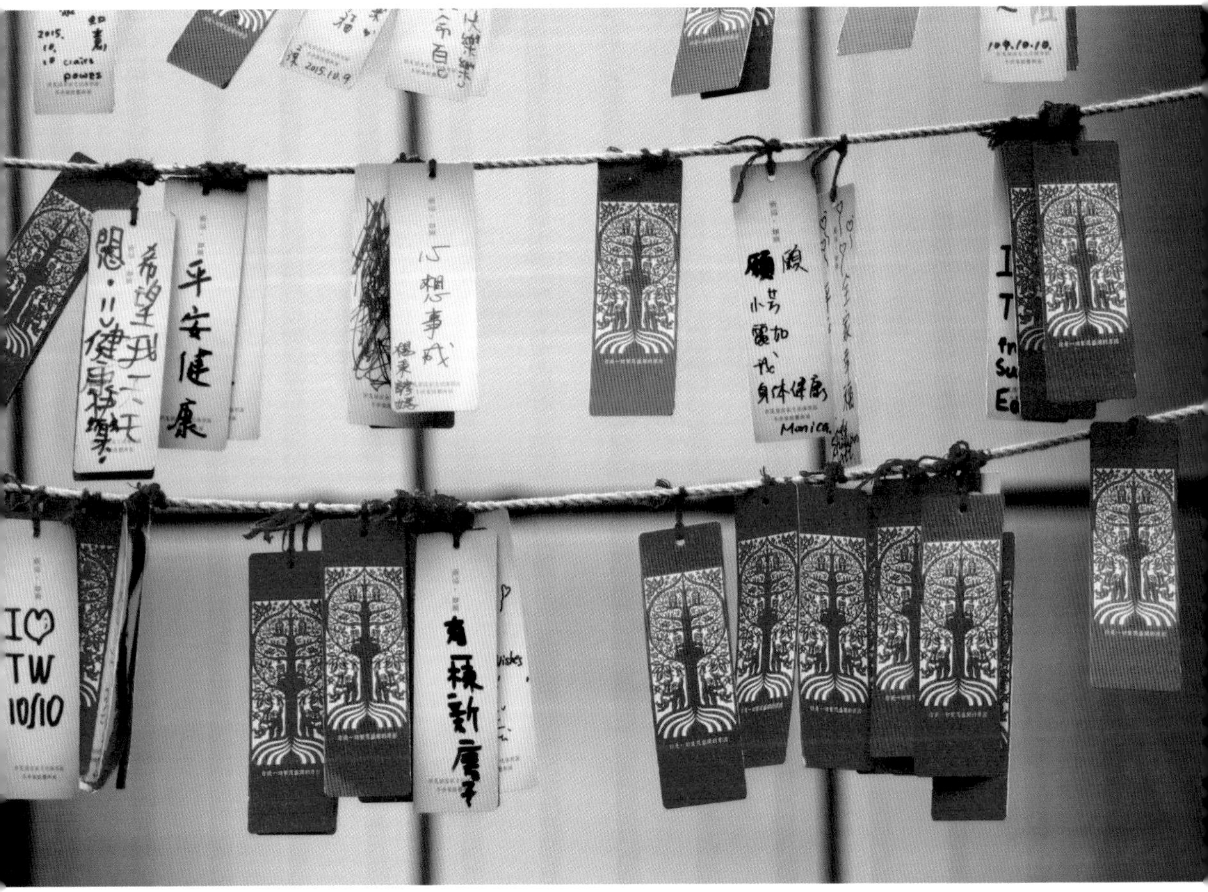
平安健康
心想事成
身体健康
Monica.
2015.10.9
104.10.10.
I♡
TW
10/10

你的初心是最美的光——生命內建的光芒

初心

「台灣之光」這個詞從一開始出現到現在快二十年，但好像都要在國外被看見才算數，最後沒有帶給社會更大的自信，反而讓許多人覺得不被看見好像就微不足道。我一直覺得很奇怪，我們的社會強調「台灣之光」，卻忘了停下來思考光的本質是：不管有沒人看見都依然亮著的，那才是光。

我之前拍偏鄉閱讀推廣的紀錄片，接觸到許多有著美好教育初心的老師，他們希望用「陪伴與閱讀」為偏鄉孩子帶來成長力量。例如台東孩子的書屋的陳爸跟老師們，二十年來陪伴在許多孩子身邊，他們思考的不是自己被看見，而是讓孩子看見希望；他們在意的不是自己發光，而是點亮偏鄉孩子的未來。因為這份初心，才能在偏鄉教育的路上堅持這麼久，大家可能不一定認識他們，但他們卻讓我看見「光」真正的樣子：他們不是因為被看見而發光，是因為堅持初心而閃亮。紀錄片完成後，我將片名定為「在路的遠方看見光」。

我一直覺得，初心，是每個人心中最先亮起的光。亮著，不是為了被看見，而是為了看見自己、記得方向。初心是生命內建的光芒，是當你獨自一人時，也能不斷堅持下去的力量。

創作

所以當二〇二〇年台北燈會找我創作鼠年花燈時，我想著，新年是一年之初，鼠年是一輪的開始，我就希望能在一切都是最開始的時候告訴大家：你的初心是最美的光，是燈節最值得點亮的一盞燈。

我想著這座花燈形式一定要簡單，因為生命最初的美好，都很簡單。簡單不只是創作的形式，而是惟有簡單才能給人信心，讓大家相信自己也能擁有。而我想起了小時候飲料鐵罐燈籠，用鐵釘在喝完的飲料罐上打洞後，在裡面點亮蠟燭就能綻放光芒。然後我們提著燈探索巷弄，或者圍著燈被光照亮，其實很簡單，我們就很滿足。

你的初心是最美的光
微小而持續的改變
成為自己的發光體

謝謝你一直這麼勇敢

微小而持續的改變
成為自己的發光體

解析

所以那次的花燈創作，我把小時候的鐵罐花燈放大三十倍（三．五米高），打上兩萬多個釘孔。當燈被點亮，綻放出來的光影在周遭創造出如星空般的畫面時，讓大家感受到我們小小初心，都蘊含著宇宙般的力量。守著初心，不只能讓自己生命閃閃發光，也為這個世界帶來光亮。

當然我知道堅持初心不容易，我也在作品刻上為大家打氣的文字。

相信純眞的力量
微小而持續的改變
謝謝你一直這麼勇敢
你的每一步都更靠近自己
成爲自己的發光體
你是自由的
放心去做，厝攏底這
愛你的人一直都在
一起流淚一起站起來

阮底咧未來等待你

給自己掌聲

對自己許願

這些文字有我自己寫的，更多是在臉書跟大家收集，徵文題目是「身邊的人給你最有力量的一句話」。這樣設定是為了讓投稿的人想起身邊的人，這樣就會記得自己不孤單，也因回想曾經有過的鼓勵而再次獲得力量。而被徵選上的人也能獲得雕刻有自己投稿文字的紀念作品，因為我想告訴大家，你給出的力量，最後都會回到你身上。而讓我感動的是，有人在收到紀念作品時，就把作品再轉送給當時給他鼓勵的朋友。

繁花盛開的原因
一起流淚一起站起來

謝謝你一直這麼勇敢！
你的每一步都更靠近自己

漣漪／效應

這是我一直很喜歡做的事情，藉由讓大眾參與，帶來小小漣漪與連鎖反應，讓大眾看見自己的力量，也記得身邊的人的好。這樣可以給人信心，也能看見沒有誰微不足道，你的存在就是影響。

每句徵選而來的話背後都有故事，其中讓我最深刻的是「謝謝你一直這麼勇敢」。當我打電話過去通知對方獲選時，她告訴說是因為腦瘤所以寫這句話鼓勵自己。而隔天她剛好要去開刀很緊張，知道這句話獲選也能鼓勵別人，就覺得有力量面對隔天的手術。而作品展出時，有一個嘉義的朋友，她是個醫生，有著人人稱羨的職業，但感情卻不順。那年老公跟她離婚，她很難過，就從嘉義特地跑上來看這件作品，當她看到「謝謝你一直這麼勇敢」時，瞬間獲得慰藉與力量，在作品旁感動流淚。

一個腦瘤的朋友在最虛弱時給自己的一句話，不只鼓勵自己，也帶給一個婚姻不如意的朋友溫暖。一句話都能給人力量，更何況是一份美好初心，必然有著無法計算的影響。

我一直希望大家記得自己的好，所以我寫下「對自己許願」，希望大家不要因為對外許願變得依賴。因為依賴會忘了自己擁有力量，而錯過自己與生俱來閃閃發光的潛力。寫下這句話，當作品點燈而綻放滿天星斗時，我們看著星星，但要對自己許願，記得你是自己許願的對象，也是實現願望的力量。

開幕前一天，我們趕工到凌晨四點才安裝完畢。完工時，團隊夥伴一起坐在作品前，像圍著營火，在寒冷的台北街頭，覺得大家可以因為美好事物而相聚在一起，就是創作最幸福的事情。也覺得「初心」像燈塔，指引著自己，也吸引著志同道合的夥伴前來相會。孤獨前進只是一時，最終總會有人結伴同行。

希望這件放大版的鐵罐燈籠，讓大家記得我們曾因簡單的美好而滿足的時光，也看見你的初心就是最美的光。帶著美好初心生活，每個人都是一道移動的光，就如同小時侯在黑夜中提著燈前進，所到之處都會因你而光亮。

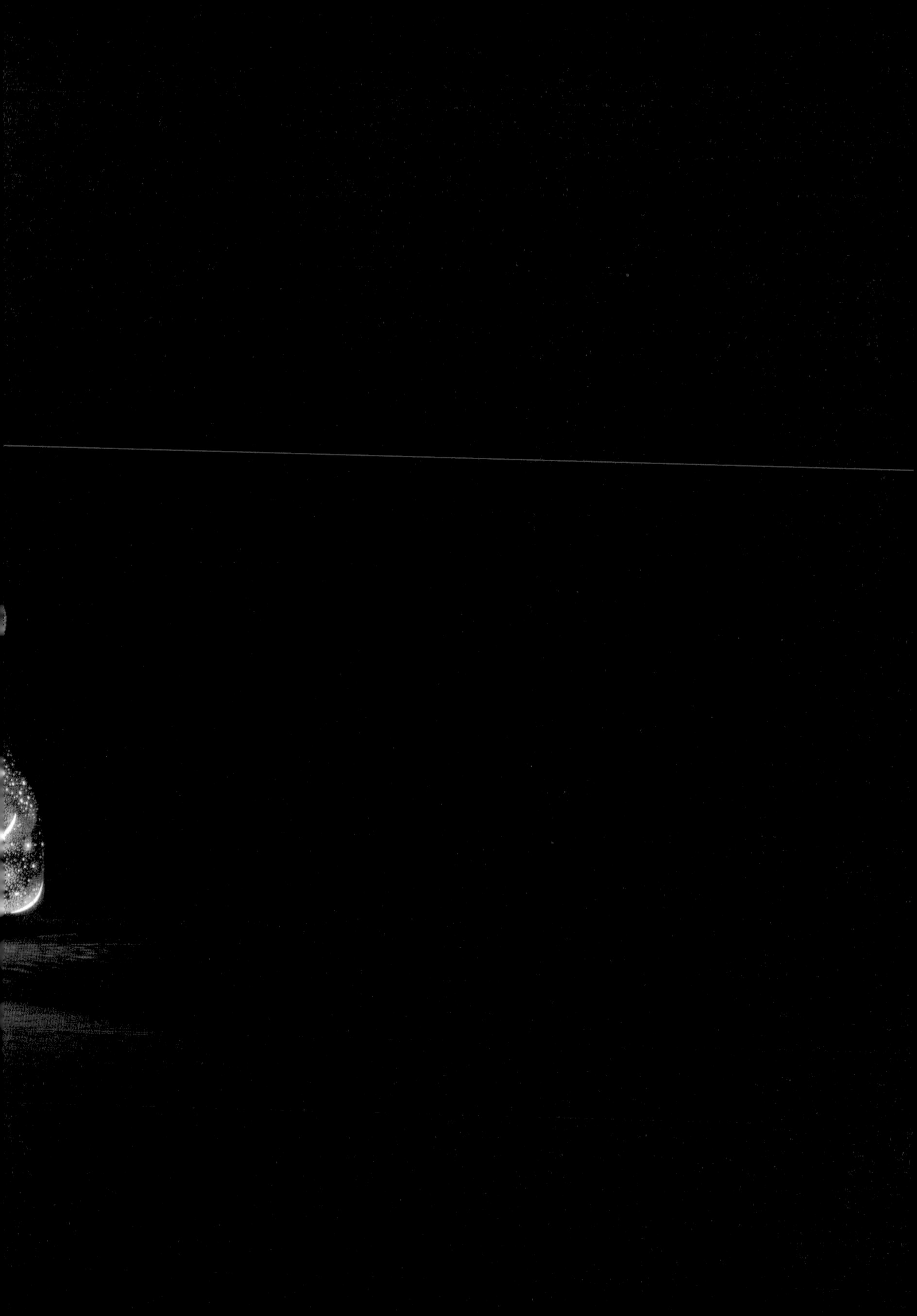

你的初心是最美的光
謝謝你一直這麼勇敢

扇形鹽田生命之樹
——朝光前行，向海致敬

初心

扇形鹽田是全世界獨一無二的鹽業地景，就在台南將軍區的青鯤鯓，但在台灣許多人都不知道。她很值得認識，不只因為她的美，還有鹽分地帶上的人堅毅不拔的生活態度。

青鯤鯓扇形鹽田全世界就只有這一個，獨特地景本身就充滿力量。從高空看你會發現，她雙手張開好像在擁抱海洋，而向外擴散的線條，像是要將一切美好與世界分享。筆直通向大海的中軸線，像在提醒我們，海洋不是隔絕，是通往世界的道路，當你親自走在這條中軸線，就像一條劈開海水的道路，有種堅定的象徵。這正是台南沿海居民，在土地貧脊的鹽分地帶，在生命最難生存與生長的地方，用強韌生命力面對一切困難的精神。

創作

當我在二〇二一年底有機會在這裡創作時，那正是疫情最嚴重的期間。病毒在全世界蔓延，影響每個人的生活，就連出外跟家人朋友吃飯，這原本稀鬆平常的事情都好像遙遙無期，生活所有規劃變得混亂，心情也隨著疫情變化起伏。在這樣的時刻我因勘景來到空曠的扇形鹽田，走在鹽田的中軸線上，看著鹽田水天一色的寧靜畫面，以及眼前筆直明確的道路。走著走著，我因為沉澱而平靜，思緒也跟著變清楚——突然覺得世界愈變動，愈要記得心中的方向，因為那是我們在面對一切混亂時決定的依歸，是面對所有變動的力量。

鹽因日曬而結晶，人因沉澱而清晰。創作時，我就想著在東西向全日照的中軸線上，以象徵生命力的大樹在鹽田之中長出來，結合成一條可以朝光前行，向海致敬的朝聖之路。除了吸引大家來到扇形鹽田，感受鹽分地帶人們在這裡生活的精神，也讓大家在步行之中沉澱自己，讓自己有清晰的方向，可以一直堅定往前走。

在疫情期間製作這個作品很不容易，但也正好呼應作品堅定方向面對難關的精神。當時看著這棵生命之樹逐漸在海水中茁壯起來，也想起自己這些年經歷的難關，不論是成長辛苦，或者家庭經濟的壓力，又或者曾經因工程失敗損失近一千萬的挫敗，也許在別人眼中還有一點成果，但回想起來自己其實一直都在失敗，只是從未停下腳步。而讓我堅持到現在的其實不是藝術，是對家庭的責任。

解析

責任這個字在這個時代好像是束縛限制的概念，聽起來好像很沉重很嚴肅，所以很多人責任的關係很不好，也往往錯過責任所能帶來的美好。我並不是資質多好的孩子，從小什麼都爛到爆炸，學什麼也比別人慢，只是希望有天也能分擔媽媽的辛苦，所以不斷逼迫自己，才會爆發出連自己都驚訝的潛能。

對我而言「責任」常常扮演著我的守護神，指引著我面對每一次的決定，例如我曾在大學教書三年多，再繼續任教就可從講師升助理教授。當我要離職時，媽媽卻因為家族裡從沒有人有機會當教職變教授，一直勸我這工作比較有好名聲，不要離職，但我就很清楚地告訴媽媽：當教授名聲好，卻無法解決家裡的問題，創業做生意才有可能改善家裡的經濟。在外面名聲好，家裡卻顧不了，別人喜歡我，我卻不喜歡自己，一點意義也沒有。

這樣明確的決定，就是來自責任的指引。責任讓我總是有明確的方向，做出正確的決定，讓我堅持到現在，有機會看見自己意想不到的生命樣貌，也有機會因扛起一切而喜歡自己，而擁有生命的自信與光彩。這一切讓我想起一句話「所謂鑽石，也只是高壓之下的碳」，不是說自己已經是鑽石，只是想說扛起責任雖然辛苦，但也不要錯過這可以讓自己閃閃發光的力量，而閃閃發光也不是為了要給別人看，是因為對自己生命的關愛與珍惜，所以想看看自己究竟可以有多美麗。

當然我知道，每個人方向都不一樣，但不一樣不重要，重要的是有方向，因為這才能讓我們在廣大天地之中，知道自己要何去何從。我知道一切的目標都很不容易，所以我也用雙面扇形構成一道祝福之門，祝福每個通過這裡的人，不論你心中方向在何處，都能走到自己渴望的地方。

漣漪／效應

作品在二〇二三年八月完成，想著剛接觸剪紙時，根本沒想到有一天手中小小剪紙，可以變成鹽田地景的一部分。在世界給了我生命這麼多風景與養分後，能在長大時有機會在自己的土地創造一點風景，很滿足。

在大家經歷三年疫情後的時刻發表，我知道人生很多無常，生活的挑戰與難關不會只是一兩樣，因此將這矗立在鹽田中的生命之樹，獻給所有在艱困環境中依然堅定不拔的人，也希望每個來到這裡的人，當你走在這條如同劈開海水的道路上時，能記得：只要你方向堅定，海水也會為你讓路，不要害怕。

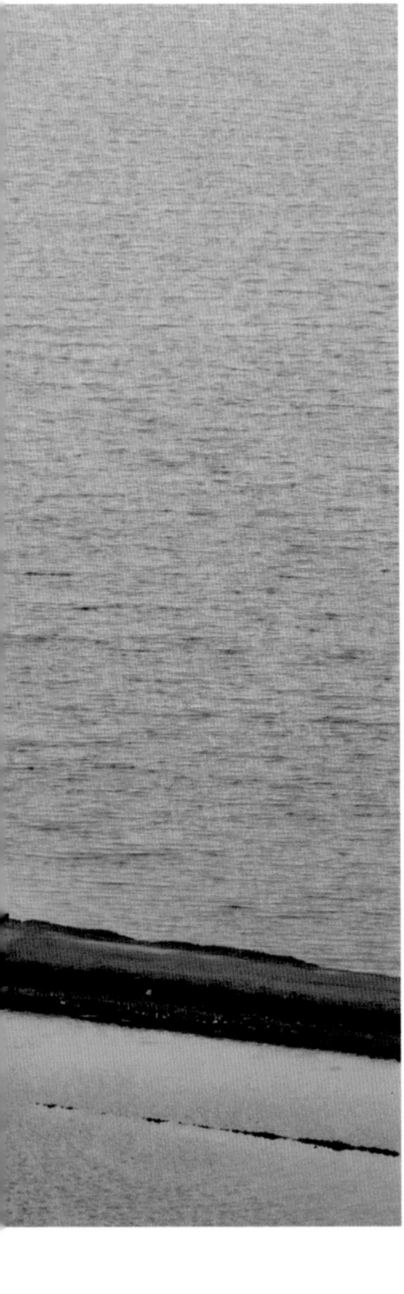

繁花盛開的祝福
——謝謝生命花園中一直努力的自己

初心

「感恩」對我而言是「感知恩惠」的能力，「恩惠」不一定只是來自人，而是來自周遭所有美好的事物。

我在困頓環境中依然擁有力量，就是因為我始終能在辛苦之中感受生活的美好。光是一朵花、一片葉子、一道光影，都能讓我獨自一人時也能感到幸福而有力量繼續往前走，更別說是身邊的家人，尤其是肩負家庭重擔栽培我長大的媽媽。因為感受到媽媽的愛，因為想感謝媽媽的付出，所以我不斷努力，最後爆發出生命中意想不到的潛能，擁有扛起一切責任的肩膀。我不只能照顧家庭，也長成自己喜歡的樣子，而這些生命的連鎖反應就只是因為「感恩」，因為這份感知周遭美好的能力。我深深感受到「感恩」不只會帶給別人力量，也會帶給自己力量。因為在感恩時刻，你知道自己是幸福的。

創作

所以當高雄衛武營國家藝術文化中心在二〇二二年找人創作牛年的春節裝置時，我想到牛代表著默默耕耘為我們創造美好環境的角色，而每個為我們努力付出的人都如同從天而降的天使。趁著牛年，剛好可以來呈現這個概念，讓大家走進作品時，能記得自己一直擁有的幸福，也記得感謝身邊美好的人事物。

勘景時，衛武營人員帶著我們爬上世界最大的單一屋頂，走在上面很像在雪原中的極地探勘隊，看見了沒看過的高雄城市景象。這就是為什麼我很感謝工作，若不是因為工作，我根本沒機會走到這裡。

最後我選擇了衛武營的樹冠大廳西側露台當創作地點，這個由玻璃帷幕構成的空間如同光的容器，很適合鏤空、透光的剪紙藝術，可以變成一個自然採光的日光燈箱。這裡讓我想到用一座春光瀰漫的花園，象徵牛兒默默耕耘所創造的美好環境。

解析

作品的主視覺是一個帶來美好花園的天使牛，牠有雙大大的翅膀卻不在天空飛翔，而是跟我們一起坐在花園中，因為在我心中真正的天使都不在天上而在我們身邊——牠們長出翅膀不是為了飛翔，是為了把美好事物帶回愛的人身邊。希望這個天使牛，能讓大家想起身邊對我們做同樣的事情的人——記得自己不是一個人——在新年時跟愛我們的人說一句謝謝你。

而感謝不只對外，也要對內。這座藉由四片玻璃帷幕所形成的花園，傳達著一種希望——希望當你走進來，被花團錦簇的花園環繞時，可以記得在自己的生命花園中，你就是那個不斷默默耕耘的主角。不論現在你是否達到自己渴望的目標，只要你沒停下腳步，就無論如何都要記得在新的一年謝謝一直努力的自己，這樣才有力量一直往前走。

露台中有個十五米高的天井，在天井中仰望天空本身就已經很感動。在勘景時我就知道自己再怎麼厲害也不可能創造出一座天空的美麗，自己惟一能做的就是提醒大家天空的存在，讓一直在身邊的美好，讓這些沒有門檻的幸福帶給大家力量。

當下我決定在天井中雕花。這麼一來，當人們走進來時，會不只是被花園環繞，也能自然仰望天空。仰望會讓人沉澱，而當人沉澱，美好的方向就有機會在心中浮現。所以在天井創作雕花穹頂，不是為了讓大家看見我的作品，而是引導大家仰望天空，在沉澱中看見自己心中的方向。

給人幸福，給人力量，是我每次創作的期待，所以當大家覺得我的作品完成時，對我而言都只是半成品。直到有人因作品而開心、快樂，我才會覺得作品真正被完成了。我想創作的一直不是作品本身，而是大家臉上幸福的樣子。

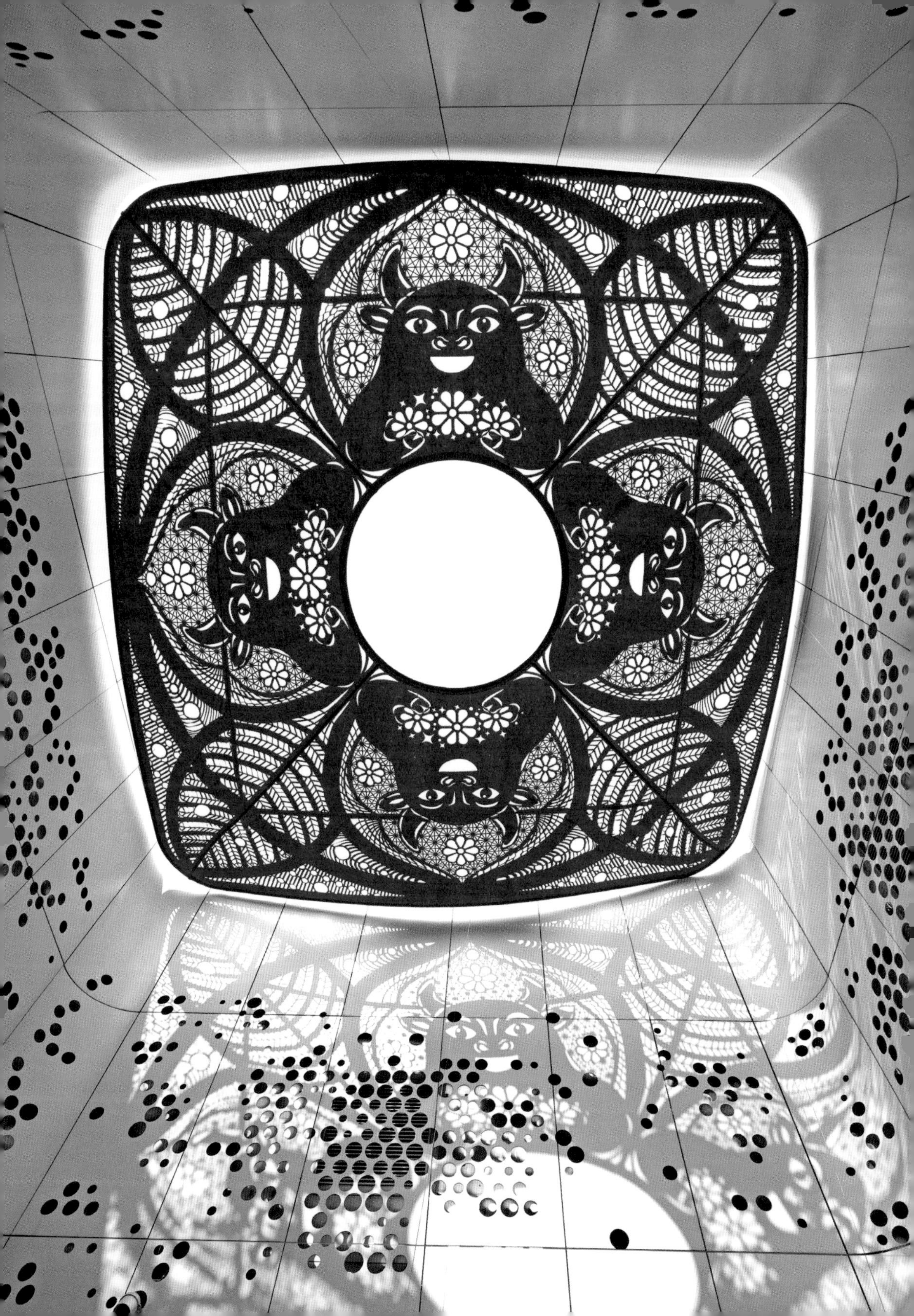

WEI WU YING

漣漪／效應

開展後，許多人來到這邊或坐或躺。他們在花朵椅子上休息沉澱、看天空、看雲朵、看天井雕花穹頂灑落的光影、看天使大牛也看為你付出的人。在新年的時候給大家這份《繁花盛開的祝福》，讓許多大人與孩子能一起在花園裡開心玩耍，這讓我覺得很滿足。但我沒想到的是，這作品竟然也成為一個孩子幫爸爸圓夢的故事。

有位高雄當地民眾說她爸爸很喜歡我的作品，早在二〇一七年我幫Apple Store製作的《有閒來坐》的時候，她爸爸因為想去台北看作品，規劃了家族旅遊，卻因記錯展覽時間而錯過。幾個月後爸爸入院手術卻再也走不出醫院，一起看作品的願望卻變成在心裡的遺憾。終於，這次的作品是在她的家鄉衛武營展出，她來到這裡用相機細心記錄下這座花園的各個角落，然後跟爸爸說：「爸爸，我來幫你圓了未完成的夢。在天堂的你，一定也看到了吧！」

很多人問我創作時為什麼這麼堅持，這麼挑惕嚴苛，這就是原因了。

這次創作第一次使用透明玻璃貼，但因為不熟習材料特性，貼上去後發現色彩效果非常不好。要重來的話，一方面時間很趕，一方面一來一回就會損失二十多萬。身邊的人都說其實一般人看不出來，勸我不要重來。但既然說好要給人幸福跟力量，就要做到。大家不知道作品可以有多美，但我跟團隊知道。我無法知道作品會影響誰，我惟一可以掌握的就是在還有機會改變時，用盡全力讓事情變得更好。

雖然決定過程也很掙扎，但沒有掙扎的決定都不算決定——每次掙扎其實都是看見初心、學習堅定的機會。所以當有人問我：「你怎麼知道有人會受你影響？」的時候，我都說其實到最後重點不是我們會影響多少人，而是你是否每天影響自己。

所以當我聽見一個女兒因這件作品為爸爸圓夢時，我很開心當時在有機會努力時，我有堅持。用盡全力是為了問心無愧，是為了在每個決定過後，都更接近自己喜歡的樣子。更重要的是，我是因為很多人陪伴支持才能長大，我希望用作品跟社會表達感謝，這是我與自己的約定，也是創作的初心。

這也是為什麼我會說「感恩」是「感知恩惠」的能力，更是生命產生美好連鎖反應的觸媒。就像這位為爸爸圓夢的女兒所做的事情，其實最後感恩不一定是為誰付出，而是讓自己讓生命產生動力。因為當我們心裡有所感恩，代表著身邊必然有美好發生；美好事物會讓我們感到幸福；幸福會讓我們想表達感謝；感謝會讓我們產生行動；行動會讓我們與世界互動；而當我們與世界互動，生活必然充滿故事的精彩與豐富。簡單地說，感受到美好的人，不是想分享就是想回報，所以感恩不會只是感覺，必然會成為生命的力量，也成為生活的行動。

「感恩」是生命珍貴的能力，是每個人只要願意，就能隨時在生活發生的力量。很希望這件作品《繁花盛開的祝福》，能讓大家在有著雕花穹頂，有著天使牛的花園裡，不只感受身邊的美好，也能看見自己的美麗、謝謝身邊的人，也謝謝一直努力的自己——記得在自己的生命花園中：你就是一切繁花盛開的原因。

國家圖書館出版品預行編目(CIP)資料

沒有門檻的幸福 / 楊士毅作. -- 初版. -- 臺北市 : 大塊文化出版股份有限公司, 2024.03　面；　公分
ISBN 978-626-7388-45-7(平裝)

863.55　　113000439

LOCUS

LOCUS

LOCUS

LOCUS